かみさまにあいたい

作◎当原珠樹／絵◎酒井以

ポプラ社

もくじ

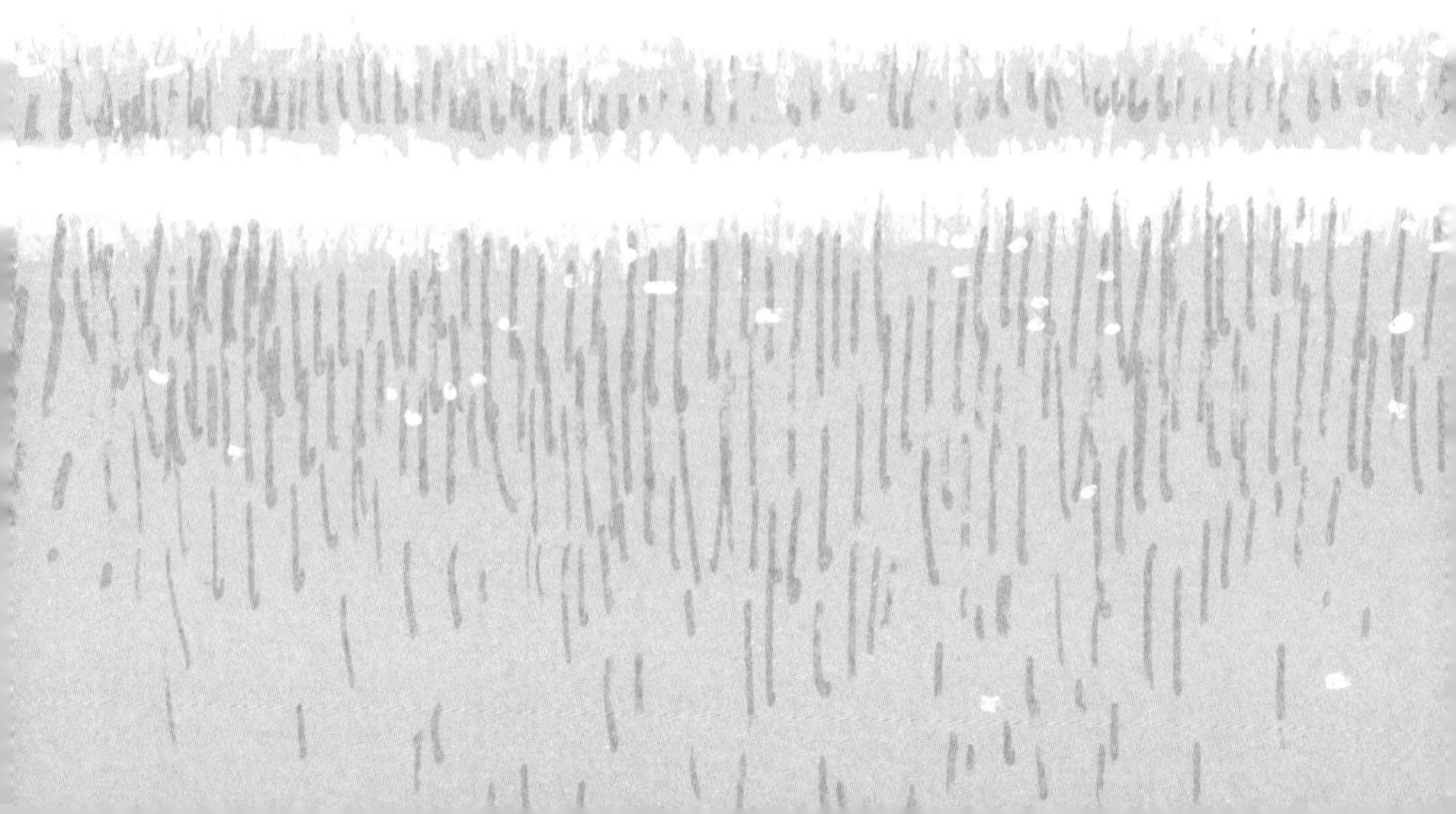

1 プリンのおそなえ

あと、三段《だん》。二段、一段。

(ふうー、ついた)

お寺のきゅうな階段《かいだん》をあがりきった雄一《ゆういち》は、はあはあと、かたで息《いき》をした。ランドセルの下のT《ティー》シャツは汗《あせ》びっしょりだ。

(あ、空がちかい)

六月にしては強すぎる日ざしが、いつのまにか西日にかわろうとしていた。空中を上に、下にと、自在《じざい》にとんでいく鳥は、つばめの親鳥だろうか。

このお寺は丘《おか》の上に建《た》っている。本堂《ほんどう》のわきにある墓地《ぼち》からは、雄一の住《す》む町一帯《いったい》が、広々と見わたせた。墓地のさくから、身《み》をのりだすようにしてながめてみると、手まえのほうには今通ってきた道が、おくには、雄

一のかよう小学校や、家々の屋根《やね》が、ジオラマ模型《もけい》のように小さく見える。雄一は、藤本《ふじもと》家のお墓《はか》が、一番見晴らしのよい場所《ばしょ》にあることがうれしかった。そばには、おばあちゃんの戒名《かいみょう》がかかれた、まだ新しい木の板が立っている。それは卒塔婆《そとうば》というのだと、雄一は最近《さいきん》知った。

雄一は、だいじにもってきたプリンを、線香《せんこう》立てのとなりにおいて、しゃがんだ。

(おばあちゃん、これ、給食《きゅうしょく》のデザート。おいしいよ)

両手《りょうて》をあわせて目をつぶると、すずしい風が、頭上の木の枝《えだ》をざわざわと鳴らしながら、通りすぎていく。

ゆっくり目をあけると、さっきとちっともかわらないプリンがあった。

(天国にいるひとは、どうやっておそなえを食べるのかな?)

雄一が首をかしげたとき、少しはなれたところから声がした。

「おっ、うまそ」

おどろいてあたりを見まわすと、墓地《ぼち》の入り口に、男の子がひとり立っている。

「よお」

おなじ三年一組の小松崎竜也《こまつざきたつや》だった。小がらな体にあごのとがった顔。いたずらそうによく動く目《うご》。さっきから、ずっと雄一《ゆういち》を見ていたらしく、なにかいいたそうに、にやにやしている。

「お、おう」

雄一は、相手《あいて》の顔から、あわてて目をそらした。

「それ、おまえんちの墓《はか》?」

竜也はさくによりかかったまま、あごをしゃくった。

「うん」

「だれの骨《ほね》がはいってんの?」

「だれって、いろいろ。おばあちゃんとか」

そっけなくいうと、

「ふうん。おまえのばあちゃん、すげえな。死《し》んでも、プリン食えるんだ」

からかうような口調《くちょう》に、雄一はむっとした。

「知らない。関係《かんけい》ないだろ」

（こんなやつ、相手にするもんか）

雄一が立ちあがると、竜也がきゅうにちかづいてきて、おばあちゃんのお墓をじっと見おろした。

（まだ、いちゃもんつける気か？）

すると、竜也はいきなりしゃがんで手をあわせた。猫背《ねこぜ》のうしろすがたが、いかにもぎこちない。それからまわりのお墓を見まわしながらいう。

「このお墓だけ、新しいのな」

「そうだよ。このまえ、遠いとこにあったお墓をこっちにうつして、新しくしたんだ」

「ふうん。いつ？」

「三か月まえ。うちのおばあちゃんが亡《な》くなったとき」

「だから、ぴかぴかなんだ」

竜也《たつや》は立ちあがると、感心《かんしん》したようにいった。

「おれの墓《はか》も、ここにしようかな。ながめがいいから」

「へっ？」

思いがけないことばに、雄一《ゆういち》は、ぽかんとした。

「年とって死《し》んだときの話」

竜也は墓地《ぼち》の出口にむかって歩きだした。

「おまえ、お寺になにしにきたんだよ」

「ちょっと、用事《ようじ》」

それだけいって、竜也はきゅうに走りだし、あっというまに見えなくなった。

（用事だって？）

いそいでランドセルを背《せ》おっておいかけたけれど、通路《つうろ》むこうの階段《かいだん》の下には、だれもいない。

ふと本堂《ほんどう》のほうに目をやると、いた、いた。竜也《たつや》は、おなかを地面《じめん》にべたりとつけて、ねそべっていた。さいせん箱《ばこ》と地面のすきまに小銭《こぜに》がおちていないか、いっしょうけんめいさぐっているのだった。

「おーい、用事《ようじ》ってそれかよ」

声をかけると、竜也はねたままこっちをむいて、ちょっと手をあげた。

「なあんだ。おかしなやつ」

雄一《ゆういち》はわらいをかみころしながら、通りすぎた。そして、お寺の入り口にある、長い階段《かいだん》の手すりにはらばいになると、下までしゅーっと一気にすべりおりた。

空を見あげると、もったいないくらいの夕焼《ゆうや》けだ。T《ティー》シャツのおなかのところについた、黒いよごれをこすりながら、雄一は、家にむかって、ぶらぶらと坂道《さかみち》をくだっていった。

② 竜也《たつや》のこと

「竜也くんっ。いいかげんにしないと、おこりますよ」

担任《たんにん》の井原《いはら》先生の声が、三年一組の教室じゅうに、ビンビンひびく。かみなりがおちるまで、あと一歩だ。

（くるぞ、くるぞ）

雄一は、両《りょう》ほうの耳たぶをおさえて耳せんにしながら、ななめうしろの竜也をぬすみ見た。

本人はつくえの上のカードゲームをかくそうともせずに、いすにふんぞりかえって、先生の顔をおもしろそうにながめている。

「おこりますよ、じゃなくて、もうおこってるじゃん」

「ゲームはもってきてはだめだと、いったでしょう」

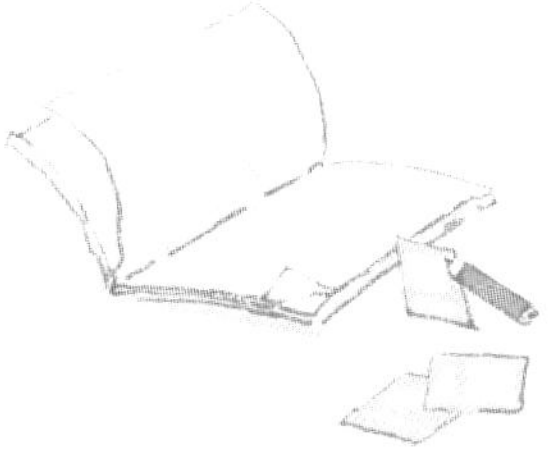

「だって、授業《じゅぎょう》つまんないんだもん」

「あなたがつまらないからって、あそんでいいことにはなりません。これはわたしがあずかります！」

先生はいささか乱暴《らんぼう》にカードをかきあつめると、一まいのこらずもっていってしまった。すると、竜也《たつや》はつくえの中からなぞなぞの本をだして、声にだして読みはじめた。

「せんせーい、竜也くん、またあそんでます」

ほかの子がいいつけると、板書《ばんしょ》をはじめていた先生は、

「もう、ほうっておきなさい」

といっただけで、ふりむきもしなかった。竜也はしばらくのあいだ、わざとわらい声をたてたり、まわりの子にちょっかいをかけたりしていたけれど、相手《あいて》にされないとわかると、不満《ふまん》そうにつくえをかかえて、ガタガタゆらしはじめた。

雄一《ゆういち》があきれて見ていると、竜也が思い切り、にらんできた。

「なに、見てんだよ。てめえ」

(こわっ)

雄一はあわてて目をそらして、教科書を読んでいるふりをした。

今年はじめておなじクラスになってみて、おどろいた。竜也はとにかく、先生の指示《しじ》にはしたがわない。強くいわれると、反発《はんぱつ》する。やさしくされると、なめてかかる。授業中《じゅぎょうちゅう》に、ふらっとどこかにいってしまうこともあれば、休み時間に、どこからともなくちかづいてきて、みんながあそんでいるのをながめていることもあった。

そんな竜也《たつや》を、クラスメートたちは、自分からさそおうとはしなかった。たまにキレるとこわいし、あそびが中断《ちゅうだん》してしまうからだ。それでも、竜也がことわりもなくドッチボールにはいってきて、剛速球《ごうそっきゅう》でつぎつぎと、敵《てき》の内野を外野に送《おく》ったりすると、みんなは、わあっと顔を見あわせてよろこんだ。かといって、二ゲーム目にも期待《きたい》していると、竜也はあっさりボールをほうりだして、チームからぬけてしまったりするのだった。

先生が授業《じゅぎょう》を再開《さいかい》し、教室がしずかになると、竜也はなぞなぞがどうでもよくなったらしい。頭のうしろに手を組み、いすをうしろにかたむけて、ただ天井《てんじょう》をながめていた。まどからはいる日光が、だれかの筆箱《ふでばこ》に反射《はんしゃ》して、天井にちらちらちらとうつっている。雄一も思わずほおづえをついて、その光に見とれた。

その日の三時間目は水泳《すいえい》だった。いつもより水温《すいおん》が低《ひく》かったらしく、プールからあがると、くちびるをむらさき色にしている子もいた。

「ふー、さむさむ」

「バスタオル、あったかいね」

口々にいいながら教室で着《き》がえていると、井原《いはら》先生が、ガラッとドアをあけてとびこんできた。

「ねえだれか、竜也くん見なかった？『頭がいたい』といって、プール、見学していたはずだけど」

ひとりの子が手をあげた。

「ぼく、プールサイドでいっしょにいました。でも、しばらくしたら『おれ、トイレいってくる』って」

「それで？」

「そういえば……帰ってきてないや」

「ええっ」

先生は真《ま》っ青《さお》になって、ろうかをかけだしていった。しばらくすると、こんどは教頭先生がはいってきた。

「井原《いはら》先生がおいそがしいので、四時間目は、図書室から本をかりてきて読みましょう」

「やったあ」

みんなは大よろこび。いすをガタガタとひいて立ちあがると、

「プールに読書って、きょうは最高《さいこう》だなあ」

「竜也《たつや》のおかげじゃん」

などといいながら、ぞろぞろと図書室にむかった。

雄一《ゆういち》はなにげなく手にとった『こんちゅうのふしぎ』という本をかりてもどってきた。三分の一ほど読んだところで、ふとまどのそとに目をやると、空をピーッと一直線に横切《よこぎ》ってとんでいく、トンボが目にはいった。

「おっ、でかい」

そのトンボのすがたをおって、河川敷《かせんしき》のほうに目をこらすと、おくの草むらでなにか黒いものが、ちらちら動《うご》いている。

(なんだろう?)

『それ』は背《せ》の高いしげみのあいだから、でたりひっこんだりしているようだ。

(ひとの頭、かなあ?)

なおも目をこらしていると、意外《いがい》な顔が見えた。

(竜也だ!)

雄一は身《み》をのりだした。

(あんなとこで、なにをやってるんだろう?)

そのときチャイムが鳴って、先生がいないまま授業《じゅぎょう》がおわってしまった。教室がざわざわとさわがしくなり、

「きょうの給食《きゅうしょく》当番は、一ぱんさんでーす」

だれかが井原《いはら》先生の口まねをした。給食当番たちが、配《はい》ぜん車をおしてきた。

「発表《はっぴょう》します。きょうのメニューは……ジャジャジャジャジャン。きなこあげパンとシチューでえす」

「よっしゃあ。きょうはいいことずくめだな」

ガッツポーズをした子もいる。みんながおぼんをもって、いそいそと列《れつ》をつくっていると、だれかが、

「あれっ、竜也《たつや》」

とさけんだ。見ると、いつのまにか、竜也も列にならんでいる。

「おい、どこでなにしてたんだよ」

「先生が、おまえをさがしにいってるんだぞ」

「しかもジーンズ、どろだらけだし」

などと、みんなに口々にせめられても、

「べつに。河川敷《かせんしき》にいたけど」

竜也はしれっとしている。

日直が教室のまえに立って、大きな声でよびかけた。

「先生いないけど、もう時間だから、いただきます、するよ。みんな席《せき》についてて」

「はーい」

いただきますをして、みんなが、口のまわりをきなこだらけにしながらあげパンを食べていると、井原先生がつかれた顔で帰ってきた。竜也は、いちはやく給食をたいらげて、シチューをおかわりしようとしているところだった。それを見た先生は、こわい顔で歩みよると、竜也のもっていたおたまをひったくった。

「竜也《たつや》くんっ！　今までどこへいってたんですか？」

「いいじゃん。おれのことなんか」

「よくないっ。どうしてあなたは、そうやってみんなにめいわくを……」

こんこんとお説教《せっきょう》されたあと、ばつとして一週間のおかわり禁止《きんし》をいいわたされたのに、竜也はあいかわらず、うすらわらいをうかべている。

「あーあ、おかわりしたかったのに」

おさらをもってのんびり席にもどった竜也は、いつになくごきげんなようすだった。

「完成《かんせい》まであとひといき。楽しみだなあ」

それをきいて、雄一《ゆういち》は、知りたくてたまらなくなった。

（あいつ、河川敷《かせんしき》でなにをしてるんだろう？）

③ 竜也《たつや》のひみつのあな

放課後《ほうかご》、雄一はあたりを見まわしながら河川敷におりてきて、すみの草木がうっそうとしているところにちかづいた。

「まどから見えたのは、たぶんこのへんだよな」

地面《じめん》からほりだされた、新しい土が積《つ》まれているところがあって、そのおくにある背《せ》の高い雑草《ざっそう》のしげみが、風もないのに不自然《ふしぜん》にゆれている。

(なにがあるんだ？)

雄一が草をかきわけて、のぞきこむと……。

「わあっ」

雄一はびっくりして、とびのいた。草むらのおくが一段低《だんひく》い穴《あな》になっていて、その中に竜也がすわっていたのだ。雄一からは、まるで竜也の頭が

地面《じめん》からはえているように見えた。

「ぎゃあ!」

目をつぶっていた竜也《たつや》のほうも、おどろいてとびあがった。

「なんだ、なんだ?」

(いけねっ)

雄一《ゆういち》は、いそいで立ちさろうとしたが、竜也があっというまに穴《あな》からでておいついたので、しかたなく立ちどまった。おそるおそる表情《ひょうじょう》をうかがうと、竜也はおこってはいないようだ。

「おまえか。びっくりさせんなよ」

といいながら、ズボンについた土をはらいおとしている。

「こんなところでなにしてるの？」

雄一はえんりょがちにたずねてみた。

「さあね。当ててみ」

「おとし穴だろ」

「ちがーう」

「たからさがし？」

「はずれー」

竜也はにやにやしている。

ちょっとしらけた気分になって、

「あっ、そう。じゃあ、いいや」

と帰りかけると、竜也があわててひきとめてきた。

「おいっ。ほんとうは知りたいんだろ？」

「うん」

「ほんとに、ほんとだな？」

「うん」

「じゃあ、おしえてやってもいいか」

竜也《たつや》がまわりを見まわして、声をひそめた。

「ここで、神《かみ》さまと交信《こうしん》してるんだ」

「……かみさま？」

雄一《ゆういち》は目をまんまるくした。

「神さまって、あの神さま？」

「なんだよ、その顔は」

「だって」

「もういい。おまえはあっちいけ」

竜也がくるりと背《せ》をむけかけたので、こんどは雄一があわててひきとめた。

「ちがうよ。うたがってるんじゃないよ」

竜也は念《ねん》おしするようにきいてきた。

「それじゃあ、おまえも神さま、いるって思うのか？」

「えっ？」

「どうなんだよ」

竜也は、じいっとこちらの顔を見ている。雄一はちょっとのあいだ、考えた。

亡《な》くなったおばあちゃんは、天国にいるはずだ。天国があるなら、そこには神さまもいるだろう。

そこで、目をあげてこたえた。

「うん。いると思うよ。おれ」

「そうか」

竜也の顔がきゅうに明るくなった。

「たいていのやつは信じないけどさ、ちゃーんといるんだよ。おれなんて、会ったことあるんだから」

「神《かみ》さまに？　うそっ」

「うそじゃねえ」

竜也《たつや》はじまんそうにいった。

「おまえ、神さまって、男か女か知ってるか？」

「さあ、わかんない」

「女なんだ」

これまた自信《じしん》たっぷりなこたえがかえってきた。

「なんていうか、女神《めがみ》さまみたいな感《かん》じだったかな」

女神さまのイメージが、どうも雄一《ゆういち》にはわかない。

「でも、おしゃかさまとかキリストさまって男じゃなかった？　あれ、観《かん》音《のん》さまは女だっけ？」

「そんなの知らねえけど、おれが見たのは女だったな」

「へえ」

「神さまも、いろいろいるんだよ、きっと」

「ふーん」

雄一はわかったような、わからないようなへんじをした。

「こわくなかった?」

「ううん。すごくやさしそうで、なんかこう、いっしょにいるだけでほっとするっていうか、ふわーっと幸《しあわ》せな感じ。だからさ、夜ねるまえに『神さま、どうか、またきてください』ってお祈《いの》りしてるんだ」

竜也は手をあわせてみせた。

「ふうん」

「けど、ぜんぜんだめなんだ。だから交信手段《こうしんしゅだん》をかえてみようかと思ってさ」

ちょっとおもしろそうな話だった。それに、竜也に面《めん》とむかって、うそだという勇気《ゆうき》もない。

「でも、どうしてここでやるの？」

「それは、むかしのおぼうさんが、どうくつで修行《しゅぎょう》したってきいたからさ。こんなふうに」

竜也《たつや》は地面《じめん》にあぐらを組んで、両手《りょうて》をかさねてみせた。

「そうすると、天から神《かみ》の声がふってくるんだとさ」

「へええ」

「でも、このちかくにどうくつなんてねえし。この草むらがかくれるのにちょうどいいから、自分で穴《あな》をほったってわけ」

「ふうん」

雄一《ゆういち》が感心《かんしん》しているとうけとったのか、竜也はにここにこしていった。

「おまえ、はいりたい？　特別《とくべつ》にいれてやってもいいぞ」

「ほんと？」

せっかくなのではいってみることにした。雄一が草をかきわけて、穴にしゃがんでみると、体のまわりが、ひんやりしたかべに包《つつ》まれ、ちかくなった地面からぷーんと土のにおいがした。

(うん。意外《いがい》とおちつくかも)

「神さまの声、きこえるか?」

上から竜也がたずねるので、雄一は耳をすませてみた。川のむこうのグラウンドで、少年チームが野球《やきゅう》をやっている声がきこえるばかりだった。

「きこえない」

「まっ、はじめてだから、しかたねえな」

そんなふうにいわれて、雄一は穴《あな》の中からききかえした。

「じゃあ、竜也はきいたことあるの?」

「いや、おれもまだだけど……」

竜也はこたえてから、こんどはきゅうにおこりだした。

「そうじゃねえ。さっききこえそうだと思ったのに、おまえがじゃましたんだ。ばかっ。もうでろ」

（なんだよ。勝手《かって》なやつだなあ）

雄一《ゆういち》はいそいで草むらからでると、おしりやひざについた土を手ではらいおとした。

「この穴《あな》のことはぜったいひみつだからな。だれかにいったら、ひどい目にあわすぞ」

竜也《たつや》が目を三角にしてにらむので、

「わかったよ。じゃあね」

雄一はにげるように退散《たいさん》した。うしろをふりむくと、竜也が小さな背中《せなか》をまるめて、そそくさと穴にしゃがみこむのが見えた。

つぎの日も、そのつぎの日も、竜也は例《れい》の穴にすわって、神《かみ》さまとの交《こう》

信《しん》を試《こころ》みていた。休み時間のたびにズボンをどろだらけにして、草むらからでたりはいったりするのを、

「やってる、やってる」

雄一は、教室のまどぎわからながめていた。

そして四日ほどすぎた。きょうの竜也は、休み時間になっても河川敷《かせんしき》にいかなかった。そのかわりに、通路《つうろ》を歩いてきた男子に足をだして、はでにころばせた。

「なにするんだ」

相手《あいて》が食ってかかると、竜也は、これ幸《さいわ》いとばかりにとっ組みあいにもちこもうとしたが、

「やめなさい」

すんでのところで、教室にはいってきた先生に、ひきはなされた。

「竜也くん、足をだした理由《りゆう》をいいなさい」

「こいつの歩きかたがむかついたからでーす」

「ふざけないで」

先生の目は少しもわらっていなかった。こっぴどくしかられた竜也《たつや》は、すねてつくえにつっぷし、動《うご》かなくなった。

(あいつがふきげんなのは、きっと……)

雄一《ゆういち》は思い当たった。

(神《かみ》さまとの交信《こうしん》が、うまくいってないんだな)

給食《きゅうしょく》の時間になっても、竜也はうつぶせたまま席《せき》を立たない。

「牛乳《ぎゅうにゅう》、ここおくよ」

給食当番の雄一がちかづくと、竜也は自由帳《じゆうちょう》になにかをいっしょうけんめいにかいているのだった。

「竜也ってば」

「なんだよ。見んなよ」

うるさそうに顔をあげた竜也に、

「きょうは神さまと交信、しないの？」

ときくと、むすっとした顔で、首を横《よこ》にふった。

「そっか」

雄一がそのままいこうとすると、

「おい」

竜也がT《ティー》シャツのうしろをひっぱって、ひきとめた。

「おまえには、見せてやらあ」

竜也がうでをどけると、下から女のひとの絵がでてきた。青白い顔に茶色いかみをたらして、足首まである白い服《ふく》を着《き》ている。

「これ、例の神さま。まえにおれが会った」

「へえ」

雄一《ゆういち》はのぞきこんで、じっくり絵をながめてみた。

顔のりんかくにそった、びみょうな影《かげ》も、じょうずにつけてある。竜也《たつや》は、図工の時間だけは、先生が手ばなしでほめるほど、絵がうまかった。

「べつにはっきり見たわけじゃないんだけどさ。たぶん、こんな顔だったと思うんだ」

竜也は、はあーっと大げさにため息《いき》をついて、えんぴつをつくえの上にほうりだした。

「いきづまってんだよなあ、おれ」

「なにが？」

「神《かみ》さまとの交信《こうしん》だよ。やっぱりあそこじゃむりみたいだ。がんばってみたけど、なんの声もきこえてこねえ。おまえ、なにかいいアイデアない？」

「きゅうにいわれてもなあ」

雄一が絵を見ながら首をひねっていると、

「ちょっと。給食当番《きゅうしょくとうばん》さぼらないでよ」

ほかの子に声をかけられて、あわてて身《み》をおこした。

「よくわかんないけど、穴《あな》、じゃないんじゃないの？」

「どういうことだよ」

「だってさ、神さまって天国にいるんだろ。声をきくなら、河川敷《かせんしき》の穴とかじゃなくて、高いところにいったら？」

そんな思いつきをいって、雄一はまた牛乳《ぎゅうにゅう》をくばりはじめた。


放課後《ほうかご》になった。雄一ががげんかんで、くつをはきかえていると、竜也が声と体をはずませながら、ちかづいてきた。

「ゆういちくーん。さっきは、サーンキュ」

「なんだよ。気もち悪《わる》い声だして」

「やっぱり高いところ、だよな」

「は？」

「さっきおまえがいっただろ。神さまの声をきくなら、高い場所《ばしょ》だって」

竜也《たつや》はこうふんしたようにしゃべりだした。

「おれ、五時間目の授業中《じゅぎょうちゅう》、ずっと考えててさ。で、ひらめいたんだ！」

「なにを？」

「こっち、こっち」

竜也は雄一《ゆういち》のかたに手をまわし、校庭《こうてい》につれていった。

「あれだよ」

ゆびさしたポールの先には、校旗《こうき》が風にふかれて、ひるがえっている。

「神《かみ》さまへのメッセージをかいた旗《はた》をつくるんだ。あれよりもっと大きな、ほら、

横長《よこなが》の旗、あるだろ」

「ああ、横断幕《おうだんまく》?」

「それ、それ。オウダンマク」

「そうか。高い場所《ばしょ》にはった横断幕なら、神さまの目にとまりやすいかもね」

雄一がうなずくと、竜也は目をきらきらさせて、校門のほうに歩きだした。

「じゃあ、どうする? どこで、どうやってつくる?」

「えっ、おれもやるの」

「きまってんだろ」

「えーっ。まあ、いいけど」

校庭に目をやると、体育倉庫《たいいくそうこ》の屋根《やね》に、用務員《ようむいん》さんがはしごをかけてのぼっている。子どもたちが休み時間にのっけてしまった、ボールやバドミントンの羽根《はね》をとるのだ。

「まず、横断幕にする、長い布《ぬの》がないとな。おまえんち、ある?」

竜也《たつや》にそうきかれて、雄一《ゆういち》は家の納戸《なんど》の中身《なかみ》を考えてみた。

「お母さんが、そうじ用に古い布《ぬの》をとっておいてるよ」

「よし。そいつをつなぎあわせてメッセージをかこう。で、おまえんちのベランダからつるすんだ」

「おれんちで？　だめだめ、だめだよ。うちのお母さんが、そんなおかしなこと、ゆるすわけないよ」

雄一《ゆういち》は、大いそぎで首をふった。

「ちぇっ、けちだなあ」

「けちでいいよ」

「ほかに、どっかあるかなあ」

竜也《たつや》はしばらく考えて、ぱっと顔を明るくした。

「いいところを思いだした。むかし見つけた、かくれ家だ」

「かくれ家？　どこにあるの？」

「こんどつれていってやる。そうだ。あしたさっそくいこうぜ」

「あした!?」

「うん。あしたの放課後《ほうかご》、くつ箱《ばこ》まえに集合《しゅうごう》な。おまえは布とはさみとペンをもってくること。いいな!」

雄一は目を白黒させながらも、

「わかったよ」

竜也のいきおいに、ついのせられてしまった。

ふたりは校門をでて、通学路《つうがくろ》を歩きだした。竜也が道ばたにあった石ころを見つけて、けってきたので、雄一もけりかえした。

そのとき、ちかくにある保育園《ほいくえん》から、ピアノにあわせて子どもたちの元気な歌声が流《なが》れてきた。

「あっ、『お帰りの歌』だ。さーいあく。あの歌、大きらい」

竜也が、顔をしかめた。

「なんできらいなの？」

「保育園《ほいくえん》のいやな思い出がよみがえるからさ」

「どういう思い出？」

竜也《たつや》は、石ころをつま先でもてあそんだまま、いっこうにけってよこさない。

「お帰りの会で、『みんなでなかよく帰りましょ』って歌うだろ。で、さようならして、ぞろぞろむかえにきたお母さんたちと、帰っていく。でも、おれと何人かは、そのままのこる。母ちゃんがおそくなるから」

「うん」

「おれの場合、それからが長いんだ。いのこりメンバーの中でも、おむかえが必《かなら》ず最後《さいご》でさ。ほかのやつらが帰っちゃって、まどのそともすっかり暗くなって、先生が、そうじなんかやりだしたところに、やっと母ちゃんがかけこんでくるんだ。それまでのあいだ、がらんとした教室で、やりたくもないパズルとかやって、ほーんと、最悪《さいあく》」

「ふうん。そうだったんだ」

竜也が、自分からこんなことを話すのが意外《いがい》に思えた。

「じゃあ、卒園《そつえん》してよかったじゃん」

雄一《ゆういち》がいうと、竜也はかたをすくめて、また石ころをけってよこした。

「ま、母ちゃんは今も帰りおそいし、いつもひとりっていう意味《いみ》じゃ、たいしてかわんねえけどな」

「そんなことないよ」

雄一は、横《よこ》にそれた小石をとりにいきながら、いった。

「おれたち、もうちびじゃないもん。自分でいろんなところいけるし」

それをきいた竜也は、うん、と大きくうなずくと、笑顔《えがお》を見せた。

「そうだな。ちびじゃない。いちいちおむかえなんか、まってなくていいもんな」

そのとき、雄一のおでこにつめたいものが当たった。

「あっ、雨」

「やべえ。夕立だ。じゃあな」

竜也《たつや》はそういうと、きゅうに背《せ》をむけて走りだした。

「えっ、ちょっと」

雄一《ゆういち》は、とっさにその背中《せなか》をおった。

細い路地《ろじ》を曲《ま》がるとすぐ、古い二階建《かいだ》てのアパートがあった。竜也は慣《な》れた手つきで、右はしの部屋《へや》のカギをあけると、中にとびこんだ。そしてこちらに面《めん》したまどを内がわからあけて、軒先《のきさき》にかかっていた洗《せん》たくものをはずしては部屋にどんどん投《な》げいれた。ぜんぶとりこんだところで、

「あれっ」

竜也ははじめて、路地につっ立っている雄一に気づき、目を見ひらいた。

「なに、おまえ、ついてきてんだよ」

「えっ」

雄一もびっくりして目をまんまるくした。

「なんでだろ。つい、きちゃった」

「ばーか」

竜也の目が細くなり、くくっと、ひとなつこいわらいをうかべた。

「ぬれてるじゃん。うち、はいれよ」

「ううん。もう帰んなきゃ」

「そっか。またあしたな」

「うん。またあした」

雄一は、身《み》をひるがえすと、走って家に帰った。

そういえば竜也といっしょに帰るのは、きょうがはじめてだった。

④かくれ家へ

つぎの日、帰りの会がおわり、井原《いはら》先生が、さようなら、と頭をさげた瞬間《しゅんかん》に、竜也《たつや》が走りよってきて、雄一《ゆういち》のうでをつかんだ。

「いくぞ」

雄一は、ランドセルを背《せ》おいかけたまま、ろうかにひっぱられていく。

「なんだよ。くつ箱《ばこ》まえに集合《しゅうごう》じゃなかった?」

「いいから、いいから。はやくいこうぜ」

竜也はさっさと、そとぐつにはきかえると、

「位置《いち》についてー。ようい」

といいながら、身《み》をかがめた。

「ドン」

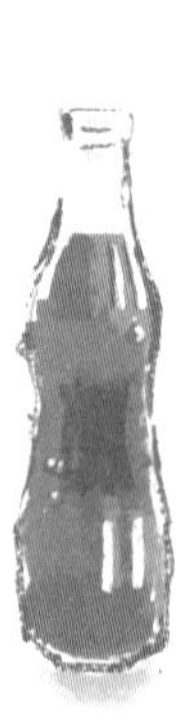

いきなりダッシュで校門をとびだした竜也を、雄一はあわてておいかけた。

「まってよ。ずるいよ」

住宅地《じゅうたくち》の角のへいを曲《ま》がると、竜也はもうずいぶんまえで、スキップしたり、ジグザグに走ったりしている。

橋《はし》をわたり、国道のわきをずっと走っていくと、さすがに息《いき》が切れてきた。竜也もおなじようで、だんだんとふたりのあいだの距離《きょり》はちぢまり、ついに雄一がまえになった。竜也はかまわず、うしろからぶらぶらついてくる。

雄一はふと、ひと目が気になりだした。自分たちがこうやって、学校帰りにより道をしているのを、だれかが見ていないだろうか。

(あれっ、ここは)

きゅうに見おぼえのある道にでた。

（そうだ。柔道《じゅうどう》にいく道だ）

気づいたとたん、足どりが重《おも》くなった。今いる道の先にある、大きなビルの一階《かい》に、雄一《ゆういち》が以前《いぜん》かよっていた柔道場《じゅうどうじょう》があった。いそいで通りすぎてしまおうとしたとき、竜也が立ちどまった。

「おっ、見ろよ。柔道やってるぞ」

そのまま、まどをのぞきこんではなれないので、雄一もしぶしぶとなりにならんだ。今は幼児《ようじ》クラスの時間で、白い柔道着《じゅうどうぎ》を着《き》た子どもがふたり、たたみの真《ま》ん中《なか》で組みあっている。おしたり、おされたり、ひきたおそうとしたり、足をかけられたり。指導《しどう》しているのは、以前雄一をおしえてくれた先生だ。黒帯《くろおび》をきりっとしめた、なつかしい先生は、あいかわらず大きな声で指導をしていた。

「ここ、ぼくが習《なら》ってたとこなんだ」

「へえ。おまえ、柔道なんてやるの。すげえじゃん」

竜也は感心《かんしん》したように雄一を見た。

「もうやめたけどね」

ちょうどそのとき、柔道場の中で、わあっと歓声《かんせい》がおこった。練習試合《れんしゅうじあい》で勝負《しょうぶ》がついたらしい。はだけた道着《どうぎ》をなおしながら、真ん中で礼《れい》をするふたりに、おうえんしていたほかの子どもや、お母さんたちがはく手をしている。

「もういこう」

雄一は道場にくるりと背《せ》をむけると、いそぎ足で歩きだした。

「おまえ、強かったの？　試合《しあい》とか、やった？」

竜也がおいついて歩きながらきく。

「コーラ日当てさ」

「えっ？」

「帰りにおばあちゃんが買ってくれたんだ。それだけ！」

雄一《ゆういち》は思い切りかけだした。これ以上《いじょう》話すと、なみだがこぼれそうだった。

雄一が幼稚園《ようちえん》のとき、お母さんがパートで働《はたら》きはじめたので、いっしょにくらしていたおばあちゃんが、柔道《じゅうどう》のけいこにつきそってくれるようになった。

「雄ちゃん、がんばれーっ」

練習試合《れんしゅうじあい》のたびに、かんらん席《せき》から、おばあちゃんの声《せい》えんがひびきわたった。練習がおわると、かけよってきて、雄一の頭をだきかかえるようにしてなでながら、ほめてくれた。

「うまくなったねえ。雄ちゃんの道着《どうぎ》すがたは、ほんとうにきまっている」

大きくなるにつれ、そういうことが気はずかしくなって、

「ぼく、もうひとりでいけるよ」

それとなくいってみたけれど、おばあちゃんはあっけらかんとしていた。

「あたしはね、むかしから柔道見るのが大すきなの。死《し》んだおじいちゃんも、えらい強くて、かっこよかったんだよう」

でも、おばあちゃんといくと、いいこともあった。帰りに必《かなら》ずコーラを買ってくれるのだ。お母さんは、骨《ほね》がとけるといって、ぜったいにコーラを買ってくれなかったから、このごほうびはうれしかった。ふたりでバス停《てい》のベンチにすわっていると、風が汗《あせ》ばんだまえがみをなでていく。シュワシュワと口の中ではじけるコーラの甘《あま》ずっぱさ。

「雄ちゃん、強くおなんなさいねえ。強くて、まっすぐな男になるといいね」

目を細めながら頭をなでてくれた、おばあちゃんの、ぽちゃっとした、温《あたた》かい手。

「おばあちゃんも、コーラ、いる？」

とさしだすと、おばあちゃんはだいじそうに、ひと口だけ飲《の》んだ。

「ああ、おいしい。ありがとう」

そんな思い出を、このあたりの風《ふう》景《けい》が、つぎからつぎへとひっぱりだしてくるようで、雄一《ゆういち》は、それらをふり切るように走りだした。めちゃくちゃ走って、息《いき》を切らして立ちどまると、うしろから竜也《たつや》がおいついてきた。

「なんだよう、きゅうに走りだして。道わかんねえくせに」

「……」

雄一はうつむいたままこたえない。

「そういえばきょうさ、うちのちかくでさあ」

竜也は関係《かんけい》ないことをあれこれしゃべりはじめたものの、雄一がいっこうにのってこないので、しだいにだまりがちになった。

ふみきりをわたり、丘《おか》をのぼっていくと、だんだん家が少なくなった。とちゅう大きな木の下を通ったら、強い花のかおりがして、よく見ると、それはローズマリーの木だった。細い枝《えだ》を力強くのばして、つんつんした葉《は》を、びっしりしげらせている。その木が、家のプランターにちんまりと植《う》わっているのとおなじものだと気づいて、雄一はびっくりした。

ここらへんにはスーパーもコンビニもない。酒屋《さかや》で、肉や野菜《やさい》もついでにおいているような店が、たまにあるだけだ。かわりに、ラベンターなどが植えられた花だんのある、おしゃれなペンションや小さなレストランが、ちらほら建《た》っていた。それを見た竜也が、すなおな感想《かんそう》をのべた。

「こんなにもないところに、わざわざ泊《と》まりにくるやつ、いるのかなあ」

「自然《しぜん》しかないのをよろこぶひともいるんだってさ。それより、かくれ家ってまだつかないの？」

「あと少しだって」

つづく坂道《さかみち》は大きくカーブしている。たまに乗用車《じょうようしゃ》や大型《おおがた》バスが、かなりのスピードをだして、ぎりぎり横《よこ》を通っていくので、ふたりはあわててとびのいた。エンジンをふかす大きな音や、熱《あつ》い排気《はいき》ガスが消《き》えてしまうと、あたりはさわやかな空気に包《つつ》まれた、山の風景《ふうけい》にかわっていた。

道路《どうろ》わきのガードレールのむこうは、からまつの林になっていて、地面《じめん》にはやわらかそうなシダが、すきまなくはえている。雄一《ゆういち》から見て、手まえのほうはうす暗《ぐら》いのに、林のおくでは、さんさんと日の光がさして、黄《き》緑色《みどりいろ》のシダをてらしている。ジワーッという切れ目のないセミの声にまじって、山鳥のにぎやかにさえずる声もきこえてきた。

(ずいぶん遠くまできたな)

雄一は立ちどまった。うしろをふりかえっても、ひとっ子ひとりいない。先ほどの小鳥の声が、すずやかに林の中にひびきわたっていくのをきくうちに、雄一はガードレールから身《み》をのりだすようにして、林の空気をすいこんでいた。

そのとき林のおくで、大きくて茶色いものがゆっくり動《うご》くのに気づいた。雄一は思わず、小さなさけび声をあげた。

「見て、鹿《しか》だよ!」

あたりを警戒《けいかい》しながら、大またで歩く親鹿《おやじか》のうしろから、ちょこちょこと子鹿がはねるようについて歩く。地面の食べものをさがしているのだ。

「どこ? あっ、ほんとだ」

竜也が走りよってくると、鹿たちは立ちどまって、耳をぴくぴくさせながらこちらを見た。つぶらなふたつの目と、真《ま》っ黒《くろ》な鼻《はな》とが、顔の上に三角形にならんで、かわいらしい。しかしつぎの瞬間《しゅんかん》、鹿《しか》たちはさっとむきをかえ、白いおしりを見せながら、ばねじかけのおもちゃみたいに、ぴょーんぴょーんと走りさってしまった。

「いっちゃった。こんな町のちかくまで、鹿《しか》がくるんだな」

「そういえば」

雄一《ゆういち》は、はっとした。

「鹿は神《かみ》さまの使《つか》いなんだってさ」

「神さまの？　じゃあもしかして、おれたちをむかえにきてくれたのかもしれないな」

顔をかがやかせた竜也《たつや》は、きゅうにはや足で歩きだした。

「さっ、いそごうぜ！」

5 第一発見者《はっけんしゃ》

しばらく歩いて、歩道わきにぽつんと立っていた、自動販売機《じどうはんばいき》のまえを通りすぎようとしたとき、

「お金おちてないかな？」

竜也はいきなりねそべって、道ばたに耳をつけて機械《きかい》の下をのぞいた。

「まーた、やってる」

そういいながら、雄一は自分もおつり返却口《へんきゃくぐち》にゆびをいれてみた。

「あれっ」

二まいの小銭《こぜに》の感触《かんしょく》。思わず顔がほころんだ。

「百五十円ゲット！」

「ラッキー！　これで飲《の》みもの買おうぜ」

竜也《たつや》がすぐわきにきていう。そそのかされて、雄一《ゆういち》は、小銭《こぜに》を自動販売《じどうはんばい》機《き》にいれた。

「雄一、おれ、コーラがいい」

「だめだよ。コーラは……」

雄一は口ごもった。

「なんで？　おまえもコーラすきだって、いってたじゃん」

「でも」

お母さんが、といおうとしたけれど、竜也はボタンをおしてしまった。

でてきたペットボトルのふたをあけると、プシュッ。音とともに、かすかに白い煙《けむり》がでてきた。コーラを飲《の》むのはひさしぶりだ。ひえた炭酸《たんさん》を、かわいたのどに流《なが》しこむと、おいしくて、つかれがとれる気がした。

（これくらい、神《かみ》さまは大目に見てくれるかなあ？）

「はやくちょうだい」

竜也がひったくるようにペットボトルをとって、ぐびぐびと飲みはじめたとき。

ゴロゴロゴロ……。遠くから雷《かみなり》の音がきこえてきた。空を見あげると、さっきまではなかった黒い雲が、どんよりとたれこめている。

「夕立がきそうだな」

「竜也、かくれ家はまだ遠いの？」

「あと少し」

「さっきもそういったよ」

「でもほんとに、あと少しなんだってば」

「走ろう」

ふたりは思い切りかけだした。ゴロゴロゴロゴロ……。雷が、だんだんちかくなってくる。

まもなく、ボツ、ボツ、ザーとはげしい雨がふってきた。

竜也《たつや》がいまいましそうに、空をにらみつけた。

「きょうふるなんて、天気予報《よほう》はいってなかったのになあ」

「もしかして」

雄一《ゆういち》がいいかけて、口をつぐんだ。

「なんだよ?」

「なんでもない」

「気になるじゃん。いえよ」

「神《かみ》さまの、たたりとか」

その瞬間《しゅんかん》、空がぴかっ、ぴかぴかっと、カメラのフラッシュのように光った。

「ふせろ!」

竜也が大声でさけんで、その場にうつぶせた。雄一もぬれた歩道にたおれこんだ。

ビリビリビリッ

上空に耳をつんざくような音がひびきわたった。雄一は目をつぶり、両《りょう》手《て》で耳をふさいだ。

（たすけて。神さま！）

しめった砂利《じゃり》がほおにいたい。さっきの鹿《しか》のすがたが、雄一のまぶたのうらにうかんだ。

（ひとのお金で、コーラ勝手《かって》に飲《の》んだこと、おこってるんですか？　だとしたら、ごめんなさい。ごめんなさい）

「おい。かくれ家、ちかいから、走ろう」

竜也にうでをひっぱられ、雄一はおきあがった。ふくはびしょびしょのどろだらけだ。ふたりは身《み》をかがめ、水たまりに足をすべらせそうになりながらも、走りに走った。

「ついたー」

竜也《たつや》がやっと一けんの家の、門のまえで立ちどまった。

雄一《ゆういち》は、かみからしずくをしたたらせながら、なんともいえない顔をして竜也を見た。

「ええっ、この家？」

相当《そうとう》古いらしく、レンガの門はくずれかけていて、入り口の鉄《てっ》さくは、赤茶色っぽくさびている。古めかしい字でかかれた『立入禁止《きんし》』のふだは、うすれてよく見えないほどだった。建物《たてもの》につづく小道も、草がうっそうとしていて、どう見てもゆうれい屋敷《やしき》のようだ。

「あー、ひえた。はやくはいって雨やどりしようぜ」

竜也は鉄さくについている針金《はりがね》をはずそうとしている。

「だまってはいっていいの？　まずいんじゃない？」

「だいじょうぶだって。まえに、いとこたちとはいって探検《たんけん》したことあるんだから。ほら、針金とれた」

立入

「でもさあ」

雄一《ゆういち》は、顔にかかるしずくを、てのひらでぬぐいながら、なおもためらった。

「ははあ、おまえこわいんだろう。おばけでそうとか、思ってんだろ」

「ちっ、ちがうよ」

「まえにきたときは、だいじょうぶだったんだ。それにおまえ、ここまできて、なにもしないで帰るつもりか？」

そういわれて、雄一はしかたなくうなずいた。竜也《たつや》のあとにくっついて、おそるおそる暗《くら》い庭《にわ》にはいっていくと、雨にぬかるんだ土で、あやうくすべりそうになった。うっそうとはえているシダの葉《は》をふみわけていくと、どぎつい赤色のきのこが顔をだして、思わずとびのいた。そこらじゅうにさいている白い花が、以前《いぜん》おばあちゃんが『びんぼう草』とよんでいた花であることも、なにやら不吉《ふきつ》な感《かん》じがした。

建物《たてもの》は木造《もくぞう》らしいけれど、長年かけてまきついたツタで、かべは下半分が見えない。ツタの生命力《せいめいりょく》あふれる緑《みどり》が、家をまるできょだいな生き物のように見せていた。二階《かい》のまどはあいたままで、真《ま》ん中《なか》に鉄《てつ》ごうしがはまっており、それにもツタがからまっていた。

げんかんのとびらはドアノブがゆるんでいて、竜也がガタガタと強くゆすると、あっけなくあいた。中にはいると、カビくさいような、ほこりくさいような、独特《どくとく》のにおいが鼻《はな》をついた。

「ふう、やっとはいれたな」

竜也は笑顔《えがお》になったが、雄一はますます顔をしかめて、あたりを見回した。部屋《へや》にただよう、じめっとした空気をすうと、思わずくしゃみがでた。

一階《かい》には家具《かぐ》もなにもなく、がらんとしていた。床《ゆか》はほこりだらけで、くつで歩くとざらざら音がする。大きい部屋と中くらいの部屋がひとつずつと、バスルームらしき部屋があった。といっても、洗面台《せんめんだい》や便器《べんき》はとりされていて、さびたシャワーが上のほうについているだけだった。

「気味《きみ》のわるい家だなあ」

「こっち、こっち。二階《かい》にあがろう」

竜也《たつや》はさっさといってしまう。ほこりだらけの階段《かいだん》をのぼっていくと、二階には庭《にわ》に面《めん》した広い部屋《へや》と、うす暗《ぐら》い物置《ものおき》のような部屋がひとつずつ。

広い部屋には、座面《ざめん》の布《ぬの》がはがれた木のいすが四つと、ゆりいすと、ガラスが真《ま》ん中《なか》にはまった、小さなテーブルがおいてあった。かべにかけてあるかがみも、やはり古くてくもっていた。

「このテーブルで横断幕《おうだんまく》をかこう。布はちゃんと、もってきたか？」

竜也がテーブルのほこりをはらうと、雄一《ゆういち》は鼻《はな》がむずむずして、またひとつ大きなくしゃみをした。ランドセルからだしてきた古いシーツを見て、竜也は、がぜんはりきりだした。

「おっ、いいじゃん。これを細長く半分に切ってつなごう」

じょうぎではかって、さらに切る線をひこうとすると、竜也はまちきれなかったらしく、もう一方のはしからジョキジョキと適当《てきとう》に切りだした。

雄一もあわてて切りだしたものの、案《あん》の定《じょう》、竜也のはさみとすれちがいそうになってしまい、しかたないので、最後《さいご》は真ん中で強引にあわせて、なんとか切りはなした。

「この二まいを、よこにつなげて長くしたいんだけど、どうしよう？」

「かして。ホチキスで、こうやれば？」

雄一が布をかさね、はしをたて一列《れつ》に、パチパチととじて広げると、一まいの長い布ができあがった。

「いいね！　じゃあ、つぎはメッセージだな」

「なんてかくの？」

雄一《ゆういち》がたずねると、

「そうだね」

「なんてかこうかなあ」

竜也《たつや》はサインペンをもったまま、首をひねった。

「うーん、うーん」

そのまま考えこんでいる。

「あのさ、まえからききたかったんだけど。竜也は神《かみ》さまと、どんなふうに会ったの」

「それはなあ……」

竜也はきゅうにまじめな顔になると、雄一《ゆういち》のそばに、ずいずいっとよってきて声をひそめた。

「いいか。これはひみつだぞ。男と男の、な」

「うん」

「三年まえの十二月二十日、おれのたんじょう日のことだ。そのまえに父ちゃんが家をでてってから、母ちゃんの働《はたら》く時間もえらい長くなってさ」

「うん」

竜也の両親《りょうしん》が離婚《りこん》していることは、だれかからきいて知っていた。

「母ちゃんはその日、夜勤《やきん》でさ。おれのたんじょう日だから、ほかのひとにかわってもらうかなって思ってたんだけど、やっぱり母ちゃんは帰ってこなかった。おれはがっかりして、こたつでテレビを見てたら、そのままねちまったらしい。ふと夜中に気がつくと、だれかが、おれの頭をなでてるんだ。目をあけると、ほら、このまえ話した、女の神さまがそばにいてさ。だれだ？　と思って、おきあがろうとしても、体もこおったみたいにぜんぜん動《うご》かないんだ。おまえ、金《かな》しばりって知ってるか？」

「うん」

「それだよ。こわかったなあ」

まさか怪談《かいだん》がはじまるとは思っていなかったので、雄一《ゆういち》はどきどきした。

「それで、話とか、したの？　神《かみ》さまと」

「うん……うん」

「どっち？」

「えーっと、おれはしゃべってはないと思うんだ。ねぼけてたし、びっくりして声もでなかったから。でも」

竜也《たつや》はそのときのことを思いかえしているらしく、自分のおでこを見るような目をして、しんちょうにことばをえらんでいる。

「神さまの声が耳もとで、きこえたような気がする。『いつもそばにいてあげたい』みたいなこと」

「すげえ。それで、どうしたの？」

「ようやく金《かな》しばりがとけてみると、真冬《まふゆ》なのに背中《せなか》は汗《あせ》びっしょりで、体には毛布《もうふ》がかかってたんだ。こたつの上を見ると、しわくちゃのふくろがあって」

「中身《なかみ》は？」

「カステラだったんだ。おれの大好物《だいこうぶつ》。神さまからのたんじょう日プレゼントさ。ひえてかたくなっちゃってたけど、おれ、うれしかったなあ。うまいなあって思いながら、食べたんだ」

竜也はしみじみとした表情《ひょうじょう》になった。

「でもそれ、もしかして、ゆうれいじゃないの？」

雄一がおそるおそるいった。

「どこに、カステラくれる、ゆうれいがいるんだよう。あれはぜったい神さまだ。だって、おれ、まぶたのすきまから、見てたんだもん」

「ふーん。そうかあ」

「あれはさ、きっと、たんじょう日にひとりぼっちのおれを、はげましにきてくれたんだと思うな」

竜也《たつや》は、うつむいて、サインペンのキャップをとったりはめたりした。

「あの神《かみ》さまに、また会いたいなあって、そう思ってずっとまってたけど、ぜんぜんきてくれなかった。だから、こちらからなんかしなきゃ、と思ったんだ。あのときはびっくりして、声もでなかったけど、つぎはちゃんと神さまと話すんだ」

「なるほどね。じゃあ、がんばってメッセージ送《おく》ろうよ」

雄一《ゆういち》がうなずくと、竜也がまじまじと顔をのぞきこんできた。

「おまえってへんなやつだな」

「へん？　なんで？」

「おれのいうこと、ばかにしないじゃん。ほかのやつにいったら、大わらいされたけど」

「だって、おれも神さま、いると思うもん」

雄一は体育《たいいく》ずわりのひざをかかえたまま、にっこりした。

「で、もしまた神さまがきたら、竜也はなにを話すつもりなの？」

「それは、もうきめてんだ。『おれを天国につれていってください』ってさ」

竜也はけろりとしていう。

「ええっ？　天国って、あの世《よ》のことだろ。ほんとうにつれてかれたら、死《し》んじゃうんだよ」

「それでもいいよ。こんなたいくつな毎日はあきあきだ」

「だからって、死んでもいいってことは、ないだろう」

「あるよ。おれは学校も家も、おもしろくもなんともないもん。勉強《べんきょう》はできないし、先生はおれがじゃまだろ。母ちゃんは、いつもいないし。ほかの場所《ばしょ》にいけるなら、天国でも大かんげい。あんなやさしい神さまのそばなら、きっと楽しくくらせると思うんだ」

竜也が、くつのままゆりいすにとびのると、いすは大きくゆれて、白いほこりがパッ、パッと舞《ま》った。

「たしかに、学校で竜也《たつや》が楽しそうなのって、図工と給食《きゅうしょく》の時間だけだよね」

「だろ？　教室でずっとすわってると、けつがむずむずするんだもん」

「でも、神《かみ》さまに、がんばれっていわれたんでしょ？　がんばんなくていいの？」

竜也は不服《ふふく》そうに口をとがらせた。

「だから、なんだよ。がんばるっていうのは、教室で、ちんまりおとなしくすわってることなのかよう」

「そうだな。あと、けんかするのをやめることかな」

「うるせえ！　なんだよ。えらそうに」

竜也がゆりいすからとびおりて、どついてきたので、雄一《ゆういち》はしりもちをついた。

「ほら！　そうやってすぐ手をだすだろ」

雄一に背中《せなか》をむけられて、竜也はむすっとした顔でつっ立っていた。やがて、

「かくこと、思いついた」

と横断幕《おうだんまく》のまえにしゃがんで、なにやら考えている。

「おれたち……じゃなかった、ぼくたちのお願《ねが》いをきいてください、にしよう」

それからきゅうに顔をあげた。

「おまえは願いごととか、ないの？」

「願いごと？」

雄一はふりむいて、小さな声でこたえた。

「強くなれますように」

「強く？」

たちまち竜也《たつや》の目の中に、ひやかすようなわらいがうかんだので、雄一《ゆういち》はいわなきゃよかったと思った。

「強いって、けんかのこと？　おまえマッチョな男になりたいの？」

「そうじゃないよ。でもおれ、柔道《じゅうどう》もやめちゃったから……」

「じゃあべつの、そうだ。卓球《たっきゅう》とかなら、いけるんじゃねえ？」

雄一はあわてて打《う》ち消《け》した。

「そういう意味《いみ》じゃないんだ。おばあちゃんとやくそくしたんだ。強くて、まっすぐな男になるって」

「ふうん。おまえってほんと、ばあちゃんすきだったんだなあ」

竜也はあきれたようにうで組みをして、首をかしげた。

「強くてまっすぐ、かあ。そうなるのって、けっこうたいへんじゃやね？だって、一回だけ、なってておわりじゃなくて、ずっとそうでなくちゃいけないんだろう」

「たいへんでも、いいんだ。おばあちゃんが生きてるとき、うそついちゃったし、ぜんぜん期待《きたい》にもこたえられなかったから」

「おまえはえらいな。おれはおとなにうそつくなんてしょっちゅうだけどな」

竜也は感心《かんしん》したように雄一を見ると、こんどは白い布《ぬの》にむきなおって、ぶっつけ本番でかきはじめた。

「かみさまへ、と……」

竜也は、か、の字をかいたものの、

「やっぱ、おれ、字きたないから、雄一かいて」

と、ペンをさしだした。

「わかった」

「おれは、となりに絵、かくから」

かみさまへ
ぼくたちの　ねがいを　きいてください
かみさまにあえますように　小松崎　竜也
強くなれますように　藤本　雄一

遠くからも見えるように、なんどもなぞって太くした文字に、色ペンでかかれた神《かみ》さまの絵がそえられた。

「できあがりー！」

「さいこう！」

雄一がはくしゅをした。

「じゃあ、どこにはろうか？」

「庭《にわ》でさがそう」

雄一は横断幕《おうだんまく》をかかえて、階段《かいだん》をおりた。げんかんをでてみると、雨はちょうどあがったところだった。庭では、しずくを光らせた木々の枝《えだ》のあいだを、いちはやくトンボがとびまわっている。ゆうれいののろいはすっかりとけて、ただの年季《ねんき》の入った建物《たてもの》が、さびしそうにたたずんでいた。

「おうい」

とよばれて二階《かい》を見あげると、竜也《たつや》がベランダの柱《はしら》にうでをまきつけて、手をふっている。

「この柱と、そっちの大きな木の枝をわたすように、横断幕《おうだんまく》をはろうぜ」

「わかった。ちょっとまって。今、横断幕にひもをつけるから……ようし、できた！」

「じゃあ、はやくその木にのぼって」

いわれるままに木のまえに立った雄一《ゆういち》だが、木のぼりなんてはじめてだし、どこに足をかけていいやらさっぱりわからない。まごまごしていると、

「しょうがねえなあ」

竜也のすがたがベランダから消《き》え、下のげんかんからでてきた。

「どけ。おれがやるから」

そして、おもむろに木のまえでうで組みをすると、命令《めいれい》した。

「雄一、おまえ足場になれ」

「どうやるの？」

「馬とびの馬みたいにかがむんだよ」

「いいけど」

雄一はかがもうとして、やめた。

「もしかして、そのきたないくつで、背中《せなか》にあがるつもりじゃないよね」

「めんどくせえやつだなあ」

竜也はチッと舌《した》うちして、その場にくつをぬいだ。

雄一がほっとして、また馬になったところに、竜也が片足《かたあし》をかけた。そして、もう片《かた》ほうの足を木のみきにかけ、頭の上にある枝をつかんで、

「えいっ」

と、体をひきあげた。みきにかじりついたまま、するすると上に移動《いどう》するのを見ると、竜也《たつや》の細うでには意外《いがい》と力があるようで、雄一《ゆういち》は感心《かんしん》した。

「つけたよー」

横断幕《おうだんまく》は、木の枝《えだ》に一方のはしをむすばれて、だらりとぶらさがった状態《じょうたい》になった。

「もう片《かた》ほうが問題《もんだい》だな」

ベランダの柱《はしら》につけるとすると、そこまでどうやって、もっていけばいいだろうか？

「あれを使《つか》おう」

竜也がゆびさすほうを見ると、ベランダののき下に、さびたものほしざおが、かかっていた。雄一は、また建物《たても》の二階《かい》にあがった。背《せ》のびしてものほしざおをとり、ふらつかせながら、竜也のいる木のほうにのばした。

木にたれさがった横断幕のはしを、さおの先にひっかけようとするのだが、なかなかうまくいかない。

「よっ、よっ。もうちょっと」

なんとか横断幕が、さおにひっかかったものの、こんどはなかなか自分のほうにひきよせることができない。

「なんだよ。へたくそ」

しびれを切らした竜也が、木をおりていき、しばらくしてベランダにやってきた。

「おれがやるから」

しばらく歯《は》を食いしばって、さおをついたりひいたり、まわしたりしていたが、やっぱりうまくいかない。そのうち、ひたいの汗《あせ》が目にはいったらしく、竜也はさおを雄一にわたすと、両手《りょうて》で顔をなでまわした。それから、家の中にはいると、

「おれ、どっかに、役《やく》に立ちそうな材料《ざいりょう》がないか、さがしてくるわ」

二階《かい》のとなりの部屋《へや》にはいって、なにかをゴソゴソやっているらしい。

しばらくすると、

「うわあ！　なんだ、これ」

竜也《たつや》の悲鳴《ひめい》があがった。雄一《ゆういち》は、ものほしざおをほうりだして、竜也のいる部屋にかけこんだ。

「どうしたの？」

「これ……これ」

いいながら、竜也はこしをぬかしたのか、立ちあがれないままあとずさっている。そのまえには、ダンボールがおいてあって、中から白いものがのぞいていた。

「ず……頭《ず》がい骨《こつ》だよな？」

「ええっ」

雄一も真《ま》っ青《さお》になった。

「なんでここに、骨《ほね》なんか」

「この家に住《す》んでたひとって、もしかして」

「殺人犯《さつじんはん》!?」

ふたりは顔を見あわせた。いやな沈黙《ちんもく》がつづいた。遠くのほうで、鳥がギャアギャアと、気味悪《きみわる》く鳴く声がした。

やっと立ちあがった竜也が、雄一のうでにしがみついてきた。心臓《しんぞう》がドクドクいっている。

「どうする？　どうしよう。雄一」

あそびで竜也のあとにくっついてきたつもりだったのに、たいへんなことになった。真《ま》っ白《しろ》になりそうな頭の中を、雄一は必死《ひっし》で整理《せいり》しようとした。

「と、とにかく、はやくにげなきゃ」

「でも横断幕《おうだんまく》が、あのままじゃ」

「おちつけ、おちつこう」

そういっている雄一《ゆういち》も、こしがぬけたように動《うご》けない。

するととつぜん、ふたりのうしろから、かん高い声がした。

「あなたたち！　そこで、なにをやっているの」

部屋《へや》の入り口に、背《せ》の高い女のひとが立っていた。

かみやひとみは茶色、はだの色は真《ま》っ白《しろ》で、一見外国人のように見えるけれど、日本語は流《りゅう》ちょうだった。

「ひとの家に勝手《かって》にはいるなんて。あなたたち、どこの子ですか？　名まえは？」

ふたりは顔を見あわせた。

（このひと、だれ？　この家のもちぬし？　ってことは……）

雄一《ゆういち》は、きんちょうで顔がこわばってしまい、なにもいえない。すると、
竜也《たつや》が声高《こわだか》に話しだした。

「ぼくたち、悪《わる》いことしてマセーン。ただ、木の上に布《ぬの》をつるしただけデース」

「布ですって？」

「でも、あそび、あそびね。すぐはずしマース。なっ、雄一」

などといいながら、ひじでつついて合図してきたので、雄一も、いそいでうんうん、とうなずいた。

「オーケー。では、はずしなさい」

と、女のひとが一歩さがったので、竜也と雄一は、

「オーケー、オーケー」

といいながら、階段《かいだん》のほうにいった。そのとき、竜也《たつや》がさけんだ。

「雄一《ゆういち》、にげるぞ！」

ダダダダダッ。

ふたりは近くにおいてあったランドセルをつかむと階段をかけおりた。

ドアのすきまをすりぬけ、うす暗《ぐら》い庭《にわ》をつっきって、門をでた。

そのまま、坂道《さかみち》を走りおり、国道にでても、ふたりはひとことも話さず、もてるだけの力で走りつづけた。走って、走って、やっとなつかしい商店《しょうてん》街《がい》が見えたとき、ようやくふたりは息《いき》を切らして立ちどまった。

「はあー、よかった。たすかった」

「うん。横断幕《おうだんまく》やホチキスとか、おいてきちゃったけどね」

「なんだよ、そんなもの。おれたち、殺人鬼《さつじんき》にあやうくころされるところだったんだぞ」

「じゃあ、おれのホチキスは殺人鬼に使《つか》われるのかなあ」

じょうだんめかしていいながらも、雄一は自分のおく歯《ば》がガチガチと鳴るのを感《かん》じた。生がわきのT《ティー》シャツがひえるせいか、それとも恐怖《きょうふ》のためだろうか。

「あの家、いいかくれ家だと思ったんだけど、もういけないな」

ざんねんそうな竜也《たつや》に、雄一はかすれた声でいった。

「骨《ほね》のこと、おまわりさんにいったほうがいいんじゃないかな？」

「でも、相手《あいて》は殺人鬼だぞ。これで警察《けいさつ》が調《しら》べにきたら、おれたちがいったってことが、ばればれじゃんか。そうしたらつぎにねらわれるのは、おれたちかもしれない。いいか、これは、ふたりのひみつにしよう。きょうあったことも、見たことも、だれにもいっちゃだめだ」

「わかった」

雄一も真剣《しんけん》にうなずいた。

「じゃあな」

「そいじゃ、またあした」

ふたりは青ざめた顔に、むりにわらいをうかべてわかれた。

雄一《ゆういち》が帰宅《きたく》すると、

「おかえり。雄ちゃん、どこいってたの？　びしょぬれじゃない」

お母さんがもう帰っていて、げんかんでむかえてくれたのが、とびつきたいほどうれしかった。が、竜也《たつや》のことばを思いだして、かくれ家のことはだまっていた。

「かぜひいちゃうから、すぐシャワーあびなさい」

お母さんにうながされて風呂場《ふろば》にいっても、雄一のふるえは、まだおさまらなかった。

⑥ 大混乱《だいこんらん》

「きのうの『おわらいチャンピオン』、見た？」

「録画《ろくが》したけど、まだ見てない。おもしろかった？」

きょうもクラスのみんなは、いつもとかわらず、たあいもないおしゃべりで、もりあがっている。

（みんなはお気楽で、いいなあ）

雄一はといえば、この一日で、自分がひどく年をとってしまったような気がした。ななめうしろを見ると、竜也が自由帳《じゆうちょう》におとなしく絵をかいている。

雄一はちかづいていって、小声で話しかけてみた。

「ねえ。きのうのことなんだけど」

竜也《たつや》が目をあげたので、さらにつづけた。

「もしかして、あれは夢《ゆめ》だったのかな？」

「夢だったらいいなって、おれも考えてた」

「だよなあ……」

こちらの不安《ふあん》そうな顔を見て、竜也はなだめるようにささやいた。

「おれらが口をつぐんでいれば、なにもおこらないからだいじょうぶだよ」

「でも、でも、あれがひとの骨《ほね》だったら……だれか、おとなにいわなくていいのかなあ」

「いったらどうなる？　おれら、第一発見者《はっけんしゃ》だぞ。取材《しゅざい》のひとときて、テレビにでるし、そしたら殺人鬼《さつじんき》にねらわれるんだぞ。そしたら、もしかして口封《くちふう》じに……」

竜也のするどい目つきに、雄一《ゆういち》も最悪《さいあく》の結末《けつまつ》を想像《そうぞう》して身《み》ぶるいした。

そのとき、そばを通りかかった男子が、竜也の絵をのぞきこんで、

「あれ、あれれれ？」

といいながら、さっととりあげた。そしてみんなによく見えるように、両《りょう》手《て》で高々とかかげた。

「見ろよ、竜也がこんな絵をかいてる。女の絵」

「えーっ？　どれ、どれ」

みんなの視線《しせん》が竜也の自由帳《じゆうちょう》にあつまった。それは、例《れい》の神《かみ》さまの絵だった。白い服《ふく》を着《き》ていて、長いかみは、背景《はいけい》の空にとけこむようにぼかされている。

「竜也、これってアニメのキャラだろ？」

「なんだ、竜也って、そういうのすきなんだ」

男の子たちが、わあっとわらって、

「女ずき、女ずき」

とはやしたてた。

「ちょっと」

やめなよ、といおうとしたとき、竜也《たつや》が、両手《りょうて》でバーンとつくえをたたいた。耳まで赤くなり、とがったあごの先がいかりでふるえている。

ぎらぎらする目で、相手《あいて》をにらみつけると、やっと低《ひく》い声をしぼりだした。

「かえせよ」

いつにない竜也のようすを、はずかしがっているのだとかんちがいして、クラスメートたちはいっそう調子《ちょうし》づいた。

「とれるもんならとってみな。ほれ、パス、パス」

歌うようにさけんで、そばにいたべつの男子にわたした。

「へへっ、いただき!」

絵をかかえて走ってきたその子のまえに、雄一《ゆういち》が立ちはだかった。

「その絵はちがうんだ。かえしてやれよ」

「おっ、めずらしーい。雄一が竜也をかばってる」

「かえせってば」

「いやーだね」

絵をとりあげようとしてもみあっていると、

「おい、おまえ！」

竜也がどなった。

「わからなければ、力ずくでわからせてやる」

両手でいすをふりあげてちかづいてくる。

「竜也、やめろ。けがするだろ」

雄一は青くなった。

「けがしてみないとわからないんだ」

「やべえ。竜也が、キレた」

まだへらへらとわらっている男子に、

竜也《たつや》は、いすごと体当たりしようとした。

「あぶない！」

雄一《ゆういち》はとっさに、ふたりのあいだに割《わ》ってはいろうとしたが、ドターン！　三人はおりかさなるようにしてたおれた。

「いたたたた」

「なにするんだよう。竜也」

友だちがおきあがったあとも、雄一は、足をかかえてうずくまってうめいている。

「うーん、うーん」

「あれっ。雄一、どうした？」

みんながあつまってきてとりかこんだ。

「けがしたみたいだぞ」

「わーるいんだ、わーるいんだ」

「おれのせいじゃないぞ。竜也のせいだぞ」

「先生！　先生！」

大さわぎになった。さわぎをききつけて、井原《いはら》先生がろうかを走ってきた。先生に足をさわられて、雄一は犬のような悲鳴《ひめい》をあげた。

「骨《ほね》がおれているのかも。救急車《きゅうきゅうしゃ》をよびましょう」

先生の声がして、またひとの声の波《なみ》が、ざわざわ、ざわざわするのを、雄一はなみだをこらえながら、ぼんやりときいていた。

7 なぞのお医者《いしゃ》さん

雄一《ゆういち》は大たい部《ぶ》、つまり太ももの骨折《こっせつ》で大きな病院《びょういん》に入院することになった。部屋《へや》はお母さんがふんぱつして、個室《こしつ》をとってくれた。

「もうすぐ夏休みにはいるのが、不幸中《ふこうちゅう》の幸《さいわ》いだったわね」

というお母さんに、

「どこが幸いなんだよ。あそべない夏休みなんて」

雄一はふくれっつらをした。最初《さいしょ》は、「けん引《いん》」といって、あしをワイヤーでしっかり固定《こてい》されているので、ねたまま、おしっこもとってもらわなくてはならない。

「ねたきりなんて、不幸のどん底《ぞこ》だ」

お母さんは、雄一の頭をなでた。

「はやく車いすにのれるようになると、いいんだけどね」

そこへ、看護師《かんごし》さんがはいってきて、伝《つた》えた。

「もうすぐ、先生の診察《しんさつ》があります」

お母さんが、いすの上でいずまいを正しながら、ささやいた。

「雄ちゃんの主治医《しゅじい》は、きれいな女の先生よ。さっきごあいさつしといたけど、ちょっと外国のひとみたいね」

「えっ。このまえ見てくれたお医者さんは?」

「あれは救急外来《きゅうきゅうがいらい》の先生でしょ。整形外科《せいけいげか》に入院するとまたちがう先生なのよ」

そのときガラッと戸があいて、女医《じょい》さんがはいってきた。

「おはようございまーす」

その顔を見て、

「あっ」

雄一《ゆういち》は真っ青になった。

（このまえの、殺人鬼《さつじんき》……）

なんと、かくれ家で会った、あの女のひとだ。そんなことってあるのだろうか。

思わず顔を見られないように下をむいた。なにも知らないお母さんが、ぺこぺこと頭をさげている。

「息子《むすこ》の雄一です。先生、よろしくお願《ねが》いします」

「こちらこそ」

先生はにこにこしながらベッドのそばにきて、雄一のカルテを見た。つぎに、青ざめた雄一と目があうと、動《うご》きがとまった。

「あらっ、あなた」

雄一はベッドのさくにしがみついた。

（まずい。ばれた！）

にげだしたくてもこの状態《じょうたい》ではむりだ。

絶体絶命《ぜったいぜつめい》！

ところが、先生はゆったりとわらった。

「わたしが主治医《しゅじい》の佐藤《さとう》ナンシーです」

「ほら、ちゃんとごあいさつしなさい」

お母さんが、なにもいえない雄一の頭をおしさげた。

「こちらこそ。息子さんとははじめて会う気がしませんわ。雄一くん、これからしばらくのおつきあいになるけど、よろしくね」

（このひとが主治医だなんて、そんなことって……）

先生の笑顔《えがお》を見ながら、雄一は、悪《わる》い夢《ゆめ》

を見ているような気がした。

その日の夕方。ぺちゃんこのランドセルをかたにひっかけて、とつぜん竜也《たつや》が病室《びょうしつ》にあらわれた。

「よう雄一《ゆういち》。個室《こしつ》かあ。ぜいたくじゃん」

中をぐるりと見まわして、雄一のまんがを見つけると、まどぎわのソファにねころんで読みはじめた。

「竜也！　どうしたの？　わざわざ、おみまいにきてくれるなんて」

「うん、ちょっと気になったから。それにこの病院、用事《ようじ》があって、よくくるんだ」

「よかった。じつはおまえに知らせたいことがあってさ」

いきおいこんでナンシー先生のことを話すと、竜也もとびおきた。

「そうかー。おれもあのとき、どっかで会ったような気がしたんだよなあ」

「でもさ、お医者《いしゃ》さんが殺人犯《さつじんはん》のわけないし、おれたちのかんちがいだったのかなあ？」

「まだわかんないぞ。今おれが読んでるまんがにも、昼間はいい教師《きょうし》で、夜は極悪人《ごくあくにん》ってやつがでてくるんだ。あいつも仮面《かめん》をかぶっているのかもしれない」

そのときコンコン、とノックの音がして、看護師《かんごし》さんがはいってきたので、ふたりは話をやめた。看護師さんのおぼんには、きょうのおやつがのっている。

「おっ、うまそ。クッキーか」

すかさず手をのばした竜也は、

「これは入院中《にゅういんちゅう》の患者《かんじゃ》さんのよ」

と、看護師さんにたしなめられて、しぶしぶ手をひっこめた。

「くっそー。おれも入院してえ」

あんまりうらめしそうなので、雄一はあとでクッキーを二まいわけてやった。

「サンキュー」

竜也《たつや》はうれしそうにうけとると、バリボリ食べながら、またまんがをひらいた。そんな具合《ぐあい》にくつろいでいた竜也は五時になると、むっくりおきあがった。そして、

「おれは帰るけど、そのナンシーって医者《いしゃ》に、気をゆるすなよ。あやしい点があったらおれにほうこくしろ」

と、ドラマにでてくる刑事《けいじ》のようなことばをいいのこして、帰っていった。

それからというもの、竜也は毎日放課後《ほうかご》に、あそびにくるようになった。

雄一《ゆういち》のお母さんは仕事《しごと》があるから、面会終了時刻《めんかいしゅうりょうじこく》ぎりぎりにしかこられない。一日じゅうベッドの上にいる雄一にとって、午後に竜也がやってくるのが楽しみになった。

車いすにのれるようになると、病室《びょうしつ》でたいくつしていた雄一は、病棟《びょうとう》の

探検《たんけん》をはじめた。きょうは竜也をさそって、歓談室《かんだんしつ》にきてみた。ここには、ソファやテレビや本だな、冷蔵庫《れいぞうこ》があって、面会にきたお客《きゃく》さんとおしゃべりしたり、自由《じゆう》にすごすことができる。

竜也は冷蔵庫から、雄一の名まえのかいてあるお茶のペットボトルをだすと、どぼどぼと紙コップについだ。

「あーうめえ。病院《びょういん》はすずしくて最高《さいこう》。うちなんかクーラーこわれちゃってさ。おまえは勉強《べんきょう》もしなくていいから、いいなあ」

「ちっともよくないよ。ねてばかりいると、いろいろ不安《ふあん》になるもん」

雄一がまどのそとの歩道を見おろすと、ちかくの学校帰りの小学生たちが、ふざけあいながら走っていくのが見えた。

「なにが？」

「二学期《がっき》の運動会《うんどうかい》にはでられるのかな、とか。学校もどったら授業《じゅぎょう》についていけないんじゃないか、とか」

雄一《ゆういち》はぼそぼそいいながら、うつむいた。まえは学校が消《き》えてなくなったら、どんなにうれしいだろう、と思っていたのに、今は毎日、いつ登校《とうこう》できるのかとばかり考えていた。竜也《たつや》はあきれたような顔をした。

「ばっかだなあ。そんなこと、うじうじ考えてもしょうがないだろ」

「じゃあ、おまえは入院《にゅういん》したことあるのかよ」

「ねえよ」

「じゃ、おれの気もちなんてわかんないね」

雄一は、ぷいと横《よこ》をむいた。

「あー、そうだよ。逆《ぎゃく》にうらやましいぜ。患者《かんじゃ》さまってちやほやされてよ」

竜也もおもしろくないようすで立ちあがった。

「あしたは家の用事《ようじ》あって、こられねえから」

「いいよ。毎日わざわざきてくれなくても」

雄一もつっけんどんにこたえた。

「べつにわざわざきてねえよ。この病院《びょういん》に母ちゃんがいるからさ」

それをきいて、雄一は顔をあげた。

「どうして？　お母さん、病気《びょうき》なの？」

「さあね。ひみつ」

竜也は足ばやに帰っていってしまった。


三日後に、ナンシー先生の回診《かいしん》があった。

「なあに、うかない顔してるじゃない」

雄一は目もあげずに、ぶすっとこたえた。

「うかない顔ってなんですか？」

「そういうしずんだ、暗《くら》い顔のことよ」

先生は首をかしげると、そばの看護師《かんごし》さんに、

「ここはわたしだけでいいわ」

といって、そとにでてもらった。そしてソファにこしかけると、白衣《はくい》のポケットからねこのぬいぐるみをだした。ねこはつりズボンをはいていて、下から手をいれて動《うご》かせるようになっていた。

「ボク、キャッ太郎《たろう》。ドウシタノ。雄一《ゆういち》クン。元気ナイネ」

雄一は、ぷっとふきだした。

「ナンデワラウノ?」

「だって、先生のうら声、へんなんだもん」

「ウラゴエナンテ、ヒドイワネ。オットト、シマッタ、オレ男ダッタ」

先生はキャッ太郎をくねらせてみせて、

「やっぱり三年生には、おさないか」

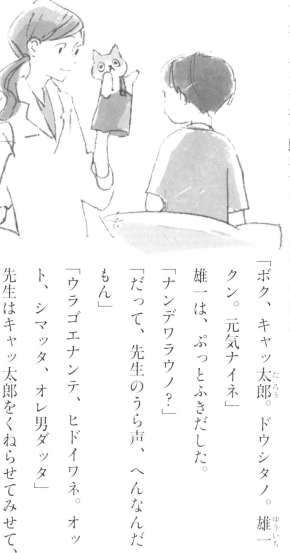

と、もとの声にもどってわらった。

「もしかして雄一くん、スクールシックになったんじゃない？」

「スクールシックってなんですか？」

「おうちがなつかしくなるのをホームシックっていうでしょ。だから学校がなつかしいのはスクールシック。なあーんて、わたしが勝手《かって》につくったことば。でも、どう？　当たりでしょ？」

雄一はうなずくしかなかった。

「うーん、まあ」

「わたしもむかし入院《にゅういん》したときは、むしょうに学校にいきたかったなあ。なんでもないときはいきたくないのにね」

先生はポケットにキャッ太郎をしまった。

「友だちにおいていかれそうで、不安《ふあん》になるかもしれないけど、でも、足のけがは時間をかければ必《かなら》ずよくなるから、あせらないようにね」

「はい」

（この先生、けっこうやさしいんだな）

雄一《ゆういち》が、殺人鬼《さつじんき》なんてうたがって悪《わる》かったかな、と思ったとき、

「ところで例《れい》の友だち、小松崎竜也《こまつざきたつや》くんだったかしら。よくおみまいにきてるわね」

といわれて、どきっとした。

「あの横断幕《おうだんまく》のことをききたかったんだけど。あなたたち、神《かみ》さまとどういうご関係《かんけい》なの？」

先生はほほえみながら、こちらの目をまっすぐ見て、こたえをまっている。雄一は、しぶしぶ、竜也が神さまと交信《こうしん》したがっている話をした。

「なるほどね」

先生はうなずいた。

「わたしも神さまと話してみたくなるときがあるわ。できることならね。

それで、成果《せいか》はあった？」

「ううん。横断幕の、片《かた》っぽのはしを木にむすんだところで、きゅうに先生があらわれたから」

「それでびっくりしてにげだしたわけね」

さすがに頭《ず》がい骨《こつ》を見つけたことはいえなかった。

「その竜也くんだけど、お母さんは、ここの看護師《かんごし》をしている小松崎さんね」

「えっ、ほんとに？　知らなかった。あいつ、だからこの病院《びょういん》にくわしかったんだな」

「わたし、竜也くんのお母さんとは親しいのよ。以前《いぜん》おなじ病棟《びょうとう》にいたことがあるの。よく『自分がいそがしいから、あの子にはさびしい思いをさせている』っておっしゃってたわ」

そのとき、ノックの音がした。さっきの看護師さんが病室に顔をだした。

「患者《かんじゃ》さんのご家族《かぞく》のかたが、先生にごあいさつしたいそうです」

「今いきます」

先生はへんじをして、立ちあがった。

「でもよかった。竜也《たつや》くんにも雄一《ゆういち》くんみたいな、いいお友だちがいるんだものね。じゃあまた」

先生はキャッ太郎《たろう》に、バイバイさせながら、病室《びょうしつ》をでていった。

（竜也のお母さん、ここの看護師《かんごし》さんなんだ）

雄一は、夜中に神《かみ》さまに会ったという竜也の話を思いだした。

（看護師さんって、夜も病院《びょういん》にいるもんな。お母さんが病院にいるあいだ、あいつはひとりで留守番《るすばん》なんだ）

そういえば、竜也はあれから三日もすがたを見せていない。

（なんで、こなくていいなんて、いっちゃったんだろ）

雄一は自分の口をひねりあげたい気もちになった。

ところがその日の夕方、竜也はひょっこり顔をだした。

「おう。元気か？」

雄一は、がばっと身《み》をおこした。

「なんだ、きたんだ」

つっけんどんにいってみたけれど、思わず顔がほころんでしまう。竜也は、いつもならすぐにゲームにとびつくのに、きょうはもったいぶってランドセルをあけると、一さつのノートをとりだした。

「じゃーん。おれがつくった『雄一スペシャルノート』」

「なに、それ？」

「いつもは先生の黒板《こくばん》なんて写《うつ》したことないけど、おまえのためだ。感謝《かんしゃ》しろよ」

わたされたノートをひらいてみると、竜也の、みみずがおどっているような字で、きょうの授業《じゅぎょう》の内容《ないよう》が写してあった。算数、国語、理科。黒板《こくばん》にかかれたこと以外《いがい》にも、先生の、ふともらしたじょうだん、だれかを注意したことばまでが、先生の似顔絵《にがおえ》にふきだしつきでかかれてあった。

「この絵、井原《いはら》先生そっくり」

「たいくつだったから、ひまつぶしに似顔絵かいていたら、井原のやつ、『竜也《たつや》くん、きょうは真剣《しんけん》にきいてくれてるのね』だって。まったく先生ってやつは、うわっつらしか見ないんだから」

雄一は教室のようすを想像《そうぞう》して、くっくとわらった。いったんわらいはじめたら、どんどんおかしくなった。

「あはははは。なんか目にうかぶなあ」

「そんなにおもしろい？　おれの絵、うますぎちゃった？」

「うん。ところで、おまえのお母さん、ここの看護師《かんごし》さんなんだって？」

得意《とくい》そうにソファにねころんでいた竜也は、むくっとまたおきあがった。

「だれにきいた？」

「ナンシー先生が、お母さんと知りあいなんだって」

「あの殺人鬼《さつじんき》が？　ちっ、母ちゃんによけいなこと、いってなきゃいいけど」

弱みをつかまれた、とでもいうように、ふきげんな顔をしている竜也を、雄一はだまってながめた。

（お母さん、おまえにさびしい思いをさせてること、気にしてるんだってさー）

そういったら、竜也は意外《いがい》そうな顔をするだろうか。よけいなことというな、とおこるだろうか。

⑧ だれにもいえない気もち

八月も半《なか》ばになると、雄一《ゆういち》は病院《びょういん》生活にもだいぶ慣《な》れてきた。竜也《たつや》はといえば、あいかわらず毎日のように病室《びょうしつ》にあそびにきては、ゲームをしたり、まんがを読んだり、とだらだらすごしていく。

ある日、竜也がいいだした。

「小児科病棟《しょうにかびょうとう》の歓談室《かんだんしつ》には、まんががいっぱいあるんだ」

「そうなの？」

「おとなばっかりの整形病棟より、にぎやかでおもしれえぞ」

「じゃあいってみよう。探検《たんけん》だ」

雄一は慣れない松葉《まつば》づえをついて立ちあがった。ふたりがエレベーターにのって、小児科病棟のある四階《かい》にいくと、パジャマを着《き》た子どもたちが

ろうかを歩いたり、歓談室でゲームをしたりしている。

「あった、あった」

歓談室のソファにすわると、竜也はさっそく、まんが雑誌《ざっし》の新刊《しんかん》を手にとった。雄一もコミックをえらんで、となりにすわって読みはじめた。

するととつぜん、声をかけられた。

「あなたたち。ここは小児科病棟ですよ」

目のまえに、看護師《かんごし》さんがきびしい顔をして立っている。

「小児科の患者《かんじゃ》さん以外《いがい》は、立ち入り禁止《きんし》です」

雄一はとびあがった。

「す、すみません。おい、帰ろう。竜也」

いそいでコミックをもどそうとすると、竜也のほうは、雑誌から目もあげずに、ふてぶてしくいいはなった。

「ぼくらも小児ですけど、いけないんですか?」

看護師《かんごし》さんは、ますますけわしい顔をした。

「小児科《しょうにか》の患者《かんじゃ》さん以外《いがい》はだめといったでしょ」

「かたいこというなよ、母ちゃん」

雄一《ゆういち》はおどろいて、そのひとを見た。

(このひとが竜也《たつや》のお母さん!?)

そういえば、色白であごのとがった顔立ちは、竜也によくにている。

「それどころか、あんたはこの病院《びょういん》に入院してもいないんだから」

竜也のお母さんは雄一に目をうつすと、ちょっと表情《ひょうじょう》をやわらげた。

「あのね、ここには病気《びょうき》で、ていこう力が弱いお子さんがいるの。だから外部《がいぶ》からの感《かん》せん、こちらからの感せんをふせぐために、関係《かんけい》ないひとの立ち入りはおことわりしているのよ」

「すみません。ここ、まんががいっぱいおいてあるから、読みたかっただけなんです」

雄一はしんみょうに頭をさげた。

「小児科ではね、ものごころつかないときから入院している子も多いの。ここが家みたいなものだから、まんがもおいてあるけど、そのかわりに、小さくて、まだお母さんといっしょにいたい子も、夜はひとりでねなくちゃいけないのよ」

するとき竜也が、ひややかにいった。

「小児科の患者でなくても、夜ひとりでねなきゃいけない子どもはいるんだぜ」

そして雑誌《ざっし》をいきおいよくとじると、

「もういこうぜ。雄一」

立ちあがって雄一のうでをひっぱった。

「えっ、あっ、うん」

「竜也《たつや》。まちなさい」

お母さんがよびかけるのもきかず、

「はい、さよなら。どうぞ患者《かんじゃ》さまをだいじにしてくださいね」

ずんずん歩いていく竜也のあとを、雄一《ゆういち》は松葉《まつば》づえで、ひょこひょことおいかけた。

「竜也ってば。ちょっと、まってよ」

「うちの母ちゃんは、いっつもあんな調子《ちょうし》でさ。ゆうずうきかなくて、いやんなっちゃうよな」

竜也はまゆをしかめると、ゆびをピストルの形にして、少しはなれた柱《はしら》のかげから、

「バン、バン」

とお母さんをうつまねをした。

廊下《ろうか》ではほかの看護師《かんごし》さんたちが、ワゴンをおして、おやつを病室《びょうしつ》の子どもたちにくばっている。

「竜也、おやつだ。いそごう」

「そうだ。おれももってきたんだ。おまえに、おみやげ！」

部屋《へや》に帰って、竜也がリュックの底《そこ》からひっぱりだしたのは、ポテトチップスのふくろだった。

「やったあ、ポテチじゃん」

雄一が歓声《かんせい》をあげると、竜也が小さくわらった。

「病院《びょういん》じゃ、こういうのはでねえからな。ヘルシーなのも、あきあきだろ」

ところが、ベッドの上でさっそくふくろをあけてみると、ポテトチップスはふくろの中でこなごなにくだけていた。

「あーあ。上にゲームとか、おいちゃったからな」

「いいよ。味《あじ》はおなじだし」

「まあね」

雄一《ゆういち》はふくろに手をつっこんで、ポテトチップスの破片《はへん》をおいしそうにほおばった。そんな雄一を、竜也《たつや》はじっと見ている。

「おまえも食べなよ。はい」

「うん」

竜也はうかない顔で、ポテトチップスを手にとった。

「おれさ、母ちゃんにきらわれてるのかな」

と、ぽつんという。

「えっ」

「だって、ふつうは、家族《かぞく》といっしょにいたいだろ？　おまえだって、ひとりで病院《びょういん》にいるの、さびしいだろ？」

「そりゃ、そうだけど」

「うちの母ちゃんはちがうんだ」

「そんなんじゃないと思うよ」

「じゃあ、どういうんだよ」

竜也の目に、じわりとなみだがたまった。

「いつもいつも、『いい子にしててね。今いそがしいから、あっちでまってててね』って。いい子ってなんだよ。あっちってどこだよ。おれは、いったいどこにいればいいんだよ」

竜也は口にポテトチップスをほうりこみ、バリバリと音をさせて食べた。おこりながら、悲《かな》しそうだった。そんな顔を見ていると、雄一まで悲しくなった。でも、うまいことばもでてこなくて、ただだまってポテトチップスのふくろをさしだしていた。

「もういいよ」

竜也《たつや》はベッドから立ちあがって、ぼうしをかぶった。

「帰るの？」

おどろいて声をかけると、

「うん。退院《たいいん》したら、いっしょに買い食いしにいこうな」

そういって病室《びょうしつ》をでていってしまった。

がらんとした病室にひとりのこされた雄一《ゆういち》は、看護師《かんごし》さんのもってきてくれたおやつを食べた。食べてしまうと、竜也のいない午後はあまりにしずかで、ひまだった。ふと、さっきごみ箱《ばこ》にいれた、ポテトチップスのふくろが目にはいった。

（ポテチ、竜也のお母さんが買ったのかな。留守中《るすちゅう》に竜也が食べるようにって）

竜也は、ここに毎日のようにきていながら、小児科病棟《しょうにかびょうとう》のお母さんに会いにいっているようすはなかったけれど、お母さんがいるからこそ、毎日ここにくるのだろうという気もした。

いつのまにか、病室のまどから西日がさしこんでいた。雄一はカーテンをとめると、

「ちょっとねるか」

ベッドにごろりと横《よこ》になった。

天井《てんじょう》を見ていると、べつのことが頭にうかんでくる。

(そういえば、うちのおばあちゃんも、ポテチをほしがったっけ)

雄一には、わすれられない思い出があった。

亡《な》くなる一年くらいまえだろうか。雄一がポテトチップスを食べていると、おばあちゃんがとなりにすわって、ものほしそうにじっと見た。

「おばあちゃんも食べる?」

「そうね。少しいただこうかね」

雄一はへんな顔をしながら、ふくろをさしだした。

「でも、スナック菓子《がし》、きらいじゃなかった？」

すると、おばあちゃんはポテトチップスをかかえこんで、

「最近《さいきん》のお菓子《かし》はおいしいねえ」

といいながら、のこらず食べてしまった。

そのころのおばあちゃんは、おやつだけではなく、ごはんの量《りょう》も、ぐんとふえた。以前《いぜん》は食が細くて、お茶わんに半分しか食べなかったのに。

お母さんが、お父さんとこんな会話をしていた。

「育《そだ》ちざかりの子がひとり、ふえたみたいね」

「食欲《しょくよく》のセンサーが、こわれちゃったんだろうな」

おばあちゃんが朝、バスにのって、介護施設《かいごしせつ》のデイサービスというものにかよいはじめたのは、それからまもなくのことだった。

「おばあちゃん！」

雄一《ゆういち》は、がばっととびおきた。いつのまにかねむっていたらしい。おきてみると、パジャマの背中《せなか》が汗《あせ》びっしょりだった。うす暗《ぐら》い病室《びょうしつ》のまどのそとでは、もう夕日がしずみかけている。なぜかとりのこされたような気もちになって、いたたまれなかった。雄一は松葉《まつば》づえをついて立ちあがった。

エレベーターで一階《かい》におり、げんかんをでて庭《にわ》にむかう。ひさしぶりにそとの空気をすった雄一にとっては、生ぬるい風さえも、なつかしく感《かん》じられた。

「雄一くん、どうしたの。ぼーっとしちゃって」

はっとすると、となりにナンシー先生が立っていた。

「先生」

「わたし、これからおひるなの」

先生は、もっているサンドイッチを、もちあげて見せた。

「今ごろ、おひるごはん？」

「患者《かんじゃ》さんが多くて、食べるひまがなかったの。最後《さいご》のほうは患者さんの顔がサンドイッチに見えてきたわ。ああ、つかれた。ここ、すわらない？」

先生はちかくのベンチをさし、雄一《ゆういち》がひょこひょことちかづいてすわるのを見とどけてから、自分もこしをかけた。

「松葉《まつば》づえにも慣《な》れたみたいね。ところで雄一くん、目が赤いわよ。なにかあった？」

「うーん。さっき、ちょっと、いやな夢《ゆめ》見たんだ」

「どういう夢？」

「おばあちゃんがでてくるの」

「あら、雄一くんは、おばあちゃん子だったんだ」

先生は楽しげにわらいながら、サンドイッチのふくろをあけた。

「ひとつ、あげる」

「あ、すみません」

雄一はたまごサンドをうけとって、頭をさげた。

「おばあさんといっしょに住《す》んでいるの？」

「うん。半年まえに亡《な》くなったけどね。お母さんが働《はたら》いてるから、ぼく、おばあちゃんによくめんどうを見てもらってたんだ」

「そう。親しいひとが亡くなると、日がたつにつれて、わすれるどころかさびしくなったりするのよね」

先生はだれを思いだしているのか、目がちょっとだけ宙《ちゅう》をさまよった。

「おばあちゃん、柔道《じゅうどう》がすきで、ぼくのけいこの日には、いつもついてきてくれたんだ。試合《しあい》をおうえんしてくれて、ごほうびのコーラも買ってくれて」

「練習後《れんしゅうご》のコーラ！　それはうれしいわね」

「でも、認知症《にんちしょう》になってから、だんだん、きょうがいつか、ここがどこかもわからなくなっちゃって」

いったん話しだすと、雄一《ゆういち》の口から、つぎからつぎへとことばがあふれた。

「おばあちゃんひとりで留守番《るすばん》させられないから、施設《しせつ》のデイサービスにいってもらうことになったんだけど、ほんとうはすごくいやがってたんだ。でも、毎日お母さんがなだめすかして、やっとおむかえのバスにのってもらってた。『おばあちゃんは、お仕事《しごと》にいくんですよ』とかいって。おばあちゃんはね、まじめなひとだったから、お仕事っていうと、しぶしぶバスにのったんだ」

雄一はことばを切って、手もとでかわきかけていた、のこりのたまごサンドを、口におしこんだ。そして、食べおわると、また話しだした。

「でも、ある朝おばあちゃんがバスにのりかけて、ぼくのほうをふりむいたんだ。『きょうは雄ちゃんの柔道《じゅうどう》の日じゃなかった？ あたし、おうえんにいかなきゃ』って。ぼくはびっくりした。ぐうぜんだと思うけど、その日はほんとうに試合《しあい》がある日だったから。それで、あせって、こういったんだ。『やだなあ、きょうは柔道なんかないよ。おばあちゃんは、ちゃんとお仕事にいってよね』って」

雄一の目が、なみだでいっぱいになった。

「こまると思ったんだ。認知症《にんちしょう》のおばあちゃんなんかに、試合にこられたらはずかしいと思って、ぼく、うそをついたんです」

それまで、じっと話をきいていた先生は、雄一の汗《あせ》ばんだまえがみをなでた。

「それはしかたのないことよ。うそをつきたくて、ついたわけじゃないわ」

「それからおばあちゃんが柔道のことをいうたびに、ずっとうそをつき通したんだ。亡《な》くなるまで、いちども柔道につれていってあげなかった。あんなに柔道がすきで、いつもおうえんしてくれてたのに。あんなに、ぼくをかわいがってくれたおばあちゃんを、ぼくはだました」

先生が、これ、使《つか》って、と、白衣《はくい》のポケットからハンカチをだしてくれた。うなずいて、顔におし当てるといいにおいがした。

「かわいそうに。ずっと、自分をせめてたのね」

雄一《ゆういち》は、小さい子みたいに泣《な》いているようすを見せたくなくて、しばらく顔をあげられなかった。

ベンチの背《せ》もたれに立てかけた松葉《まつば》づえに、赤とんぼが羽を光らせてとまった。ひとしきりなみだがでてしまうと、ふしぎと楽に呼吸《こきゅう》ができるようになった。

雄一は、手の中のハンカチをたたみながら、ひとりごとのようにつぶやいた。

「先生。ひとが死《し》ぬときって、あっさりだよね」

「え？」

「たとえば転校《てんこう》していく子には、カードかいたり、ものをあげたり、ちゃんとおわかれをするでしょう。家族《かぞく》として、ずっといっしょにくらしてたおばあちゃんには、ぼく、さよならも、なにもいえなかった。伝《つた》えておきたいこと、いっぱいあったはずなのに」

「そうね。ほんとうのさよならはとつぜんやってくるのよね。わたしもあるわ。なにもできなかったって、思うことが」

見ると、先生の目も少しうるんでいた。

「病院《びょういん》もね、たくさんおわかれがある場所《ばしょ》なの。どんなに手をつくしても、天国にいってしまうひとがいて、わたしたちはただ、見送《みおく》るしかない」

先生は、そこでことばをつまらせた。

「患者《かんじゃ》さんが亡《な》くなったときは、いつも、これでよかったんだろうかって思うのよ。ほんとうはもっと、自分にできることがあったんじゃないかって」

先生のうす茶色の目から、なみだがひとすじ流《なが》れていく。

雄一《ゆういち》は、にぎりしめていたハンカチをさしだした。

「これ、使《つか》っちゃったけど」

先生は少しほほえんで、それをうけとり、目におし当てた。

「でもね、最近《さいきん》はこう考えることにしてるの。亡くなったひとは、空のどこかでわたしを見ていて、この気もちをわかっていてくれるって」

「ほんとに？」

雄一は、少しまよってから、思い切ってたずねた。

「先生は神《かみ》さまってほんとうにいると思う？　竜也《たつや》はいるっていうんだけど」

「雄一くんは、どう思うの？」

「いたらいいと思うよ。そしたらおばあちゃんも神さまのいる天国で幸《しあわ》せにくらせるだろうし、神さまが見てくれてたら、ぼくたちだって、安心《あんしん》でしょう。でもさ、どうなのかな。ほんとうのところ」

「ほんとうのところは、わたしもよくわかんないけど」

ナンシー先生は、いたずらっぽくわらった。

「たとえばひとの体ってね、ほんとうにうまくできてるの。切り傷《きず》にはかさぶたができる。おれた骨《ほね》はくっつく。病気《びょうき》になっても、体は自分で治《なお》す力があって、医者《いしゃ》や薬《くすり》はそのお手伝《てつだ》いをするだけ」

「そうだね」

「光合成《こうごうせい》する草木も、生きものを育《そだ》てる太陽《たいよう》も、土も、水も。こんなすばらしいものを、だれがつくったのかしら。ねえ」

先生の横顔《よこがお》の長いまつ毛が、くっきりと上をむいた。

「わたしは神《かみ》さまだって思ってるの。こんなにふしぎな世界《せかい》をつくれるのは、神さましかいないって」

「そうだね。ぼくもそう思う」

雄一《ゆういち》は、こくん、とうなずいて、頭上に広がるうろこ雲を見あげた。きれいに耕《たがや》された畑《はたけ》のような、白くかがやく雲は、空のずっとむこうまでつづいていた。

九月も中旬《ちゅうじゅん》にさしかかったある日。雄一がトイレから病室《びょうしつ》にもどると、ベッドのかげから竜也《たつや》がとびだしてきた。そしていきなり、クラッカーを鳴らそうとした。

「雄一くん、退院決定《たいいんけってい》、おめでとう！」

ところが、いくらひもをひいても、クラッカーはうんともすんともいわない。竜也は頭をかいた。

「古いやつだからな。しけちゃったんだ」

「なんだよう。意味《いみ》ねえじゃん」

雄一はけらけらとわらった。入院《にゅういん》して以来《いらい》、おなかの底《そこ》からわらったのは、これがはじめてのような気がする。今朝《けさ》、ナンシー先生から、もうすぐ退院《たいいん》できるといわれたので、うれしくてたまらず、お母さんのつぎに竜《たつ》也《や》にも電話したのだった。

「なんだよ。せっかくおいわいにかけつけてやったのに」

竜也はクラッカーをほうり投《な》げて、大げさにふくれっつらをしてみせたが、すぐに自分もわらいだした。

ノックの音がした。ドアがあき、はいってきたのはナンシー先生だった。

竜也と先生の目があった。

「あら、横断幕《おうだんまく》の少年。やっと会えたわね」

「やべっ。殺人鬼《さつじんき》」

竜也はあとずさりしたが、先生がうしろ手にドアをしめたのでにげられない。あせっている竜也を、先生はゆかいそうに見ながら、うで組みをした。

「ちょうどよかったわ。あなたたちに話があるの」

竜也はなにをいわれるかと、身《み》がまえている。

「話？」

「雄一《ゆういち》くんが退院したら、ふたりでわたしの別荘《べっそう》にいらっしゃいよ」

雄一と竜也は、顔を見あわせた。

「別荘って」

「もしかして、あのボロ家《や》のことか？」

「ひどいいいわれようねえ。でも、神《かみ》さまとの交信《こうしん》も、やりかけじゃこまるでしょ？」

ナンシー先生のことばに、竜也はとびあがって、雄一をにらんだ。

「おまえー、あのこと、しゃべったのか」

「ごめん。だって」

「ひみつだっていったのに。この、おしゃべりやろう！」

「いいじゃない。このまえは、神《かみ》さまに会いたくてきたんでしょ。ちゅうとはんぱじゃなくて、とことんやってみなさいよ。あそこなら、しずかで集中《しゅうちゅう》もできるし、空にもちかいでしょ」

「えっ。でも……いいんですか？」

雄一《ゆういち》がおそるおそるいった。

「もちろん。お客《きゃく》さんは大歓迎《だいかんげい》。それに、だいぶあれてるから、ずっとそうじしなきゃと思ってて。よかったら、神さまとの交信《こうしん》のついでに手伝《てつだ》ってちょうだいよ」

「なんだよ。おれたちを利用《りよう》する気か？」

竜也《たつや》が口をとがらすと、先生はいたずらっぽい笑《え》みをうかべた。

「ひとの家に不法侵入《ふほうしんにゅう》したんだから、それくらい当然《とうぜん》でしょ。それとも、お母さんたちにいいつけちゃおうかしら？」

「おい。雄一、信用するな。ボロ家《や》に頭《ず》がい骨《こつ》かくしてるなんて、あやしすぎるぞ。このおばさん、おれたちをだまして、ゆうかいしようとしてるんじゃないか」

「ちょっとちょっと」

さすがのナンシー先生も、まゆをひそめた。

「頭がい骨って、この子なにをいってるわけ?」

雄一は、しどろもどろになった。

「えーっと、ぼくたち、あの家で見ちゃったんです。ダンボールにかくされてた頭がい骨、みたいなもの。だから、先生は、もしかして殺人犯《さつじんはん》かも、なんて」

最後《さいご》は声がかすれた。先生は、あんぐりと口をあけた。それから、はあっとため息《いき》をついて、

「それは医学部《いがくぶ》で勉強《べんきょう》に使《つか》った、人体模型《もけい》。ニ・セ・モ・ノ。わかった? まったく、殺人犯だなんて」

おこったようにいうと、こんどはきゅうにふきだして、竜也《たつや》の背中《せなか》をバン、とたたいた。

「あはははは。あなたたちって、ほんとおもしろいわね。ぜひいっしょにいきましょう！　お母さんたちに手紙をかいて、許可《きょか》をもらうから」

（なんだ、この先生？）

こんどは雄一《ゆういち》と竜也が、ぽかんと口をあける番だった。

9 ふたたびかくれ家へ

十一月にはいって最初《さいしょ》の土曜日。雄一はいらいらしながら、バスの中の時計を見ていた。

「あいつ、まだかなあ」

バスがいつでてしまうかと、雄一は気が気でない。

(竜也のことだから、まさか、気がかわってこない、とか)

そこへ竜也が息《いき》を切らせながら走ってきた。のりこむとすぐ、

「おまたせいたしました。出発《しゅっぱつ》します」

運転士《うんてんし》さんのアナウンスがあって、ピー、とドアがしまった。

「竜也、おそいぞ」

「わりい、わりい。荷物《にもつ》がはいりきらなくてさあ」

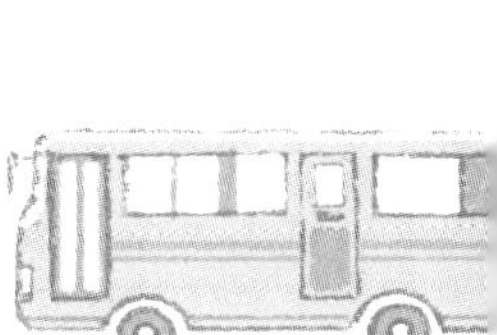

竜也《たつや》はまだハアハアしながら、となりの座席《ざせき》におさまった。

「ふたりとも、気をつけてね。ナンシー先生によろしく」

まどのそとで手をふっていた雄一《ゆういち》のお母さんが、どんどんうしろに遠ざかる。

町の中心地を走りぬけると、バスはスピードをあげて国道をすすんでいった。なにも植《う》わっていないさびしい畑《はたけ》ばかりの風景《ふうけい》でも、ふたりの旅行《りょこう》気分はどんどん高まっていく。

「なあ、お茶くれ」

竜也がふいにいった。

「自分の、ないの？　そんなに荷物《にもつ》が大きいのに」

「この中身《なかみ》は、パンツとシャツのかえ、毛布《もうふ》と新聞紙《しんぶんし》。そんだけ」

「毛布と新聞紙？　なんで？」

「うち、ねぶくろ、ねえから。新聞紙を体にまいて、毛布をかければ、あったかいだろ」

「お母さんがいったの？　新聞紙をまけって」

竜也はいっしゅん、ためらってからこたえた。

「じつは、きょうのこと、母ちゃんにはいってないんだ」

「だって先生から手紙をあずかったじゃないか」

「すてちまった」

「ええっ」

「いいんだよ。母ちゃんなんて、たまにはこまらせてやれば」

竜也は計画的《けいかくてき》だったらしい。青くなった雄一の顔を、竜也はおもしろそうにながめていった。

「ナンシーにはぜったいにばらすなよ。まあ、あしたになったらおれから母ちゃんに電話するからさ。それにしてもおまえこそ、すごい荷物だな。なにはいってんだよ」

「なにって、パジャマでしょ、あしたの服《ふく》でしょ。あと、おりたたみがさに、トランプとか、いろいろ」

「ふん。夜もあしたも、おなじ服でいいのに。それよりお茶は？」

「ああ、わすれてた」

雄一《ゆういち》は竜也《たつや》に水とうをだしてやってから、また、まどのそとをながめた。

「もう雪が積《つ》もってる」

「ん？」

「あの、山の上」

雄一がゆびさすと、

「ほんとだ。町のほうはまだ紅葉《こうよう》なのにな」

竜也がつぶやいた。バスはなだらかな丘《おか》の坂道《さかみち》にさしかかった。

「もう野菜直売所《やさいちょくばいじょ》を通りすぎたぞ。おれたちが歩いたときは、すごく遠いと思ったけど」

「うん。つぎのバス停《てい》でおりるんだよ」

のりこさないようにと、きんちょうしながら、まえのほうの道をにらんでいると、バス停のところでオレンジ色のダウンジャケットを着《き》た女性《じょせい》が、手をふっている。ナンシー先生だ。

ドアがあき、バスのステップをかけおりると、ふたりは、しん、とした山のしずけさに包《つつ》みこまれた。

「遠いところ、よくきたわね」

ジーンズにトレーナーすがたのナンシー先生は、白衣《はくい》のときより、ずっとくだけて、活発《かっぱつ》そうに見えた。

「こんにちは」

雄一《ゆういち》があいさつすると、竜也《たつや》もぶあいそうに、ぺこりと頭をさげた。

「道を覚《おぼ》えてる？　こっちよ」

先生が先に立って歩きだした。

「きょうは一段《いちだん》とさむいわね。こっちは気温《きおん》が、市内より十度《ど》は低《ひく》いのよ」

「へええ、そんなに」

「バスでよわなかった？」

「だいじょうぶです」

こたえているのは雄一だけで、竜也は下をむいて歩いている。先生に対《たい》してまだ身《み》がまえているらしい。

「あなたたち、おなか、すいたでしょ。ついたらすぐごはんだからね」

と先生がいうと、竜也がこそこそとささやいてきた。

「おい。あの台所《だいどころ》、ぶっこわれてたよな？」

「うん。めちゃくちゃきたなかった」

「昼めしに、ほこりとか、さびがはいってそうだな」

「ちがうよ。殺人鬼《さつじんき》だから、人骨《じんこつ》スープとか」

ふたりが、くっくとわらっていると、先生が、家の門のまえで立ちどまった。

「ちょっと、ちょっと、ぜんぶきこえてますけど。ここが気にいらないなら、帰ってくれてもいいのよ」

「べつに気にいらないとは……えっ？　あれっ」

「ここ、ほんとに、あのボロ家《や》？」

雄一と竜也は、門を見あげて、口をあんぐりとあけた。くずれかけていたレンガはきれいになおされ、鉄《てつ》のとびらは新しいものにこうかんされて、重々《おもおも》しく立派《りっぱ》な門がまえになっていた。

ふたりは、庭《にわ》に足をふみいれて、さらにびっくりした。うっそうと生《お》いしげっていた雑草《ざっそう》は、すっかりかりとられてこざっぱりしていたし、木々も間引かれて、上からの日ざしがさしこむようになっていた。明るくなった庭《にわ》の真《ま》ん中《なか》におかれた、白いまるテーブルと四脚《きゃく》のいすが、なによりもまぶしく感《かん》じられた。

「……きれいになったじゃん」

竜也《たつや》は、まるでおこっているみたいな口調《くちょう》でつぶやいた。

「うん。ゆうれい屋敷《やしき》じゃないみたいだ」

雄一《ゆういち》も、とまどっていた。

「そういえば、横断幕《おうだんまく》は？」

「そうだ、そうだ。あれをつるした木はどこだっけ」

心配《しんぱい》になって、思わず小走りになったけれど、さがすまでもなく、例《れい》の木は建物《たてもの》のそばに、ちゃんとあった。さむくなって葉っぱをおとした以外《いがい》はそのままで、横断幕も枝《えだ》にむすびつけられたまま、だらりとぶらさがっていた。

「あった！」

ふたりはむねをなでおろすと、こんどはくるりと体のむきをかえて、げんかんにむかった。古めかしい木のドアは、ノブだけが新しくなっていて、ぴかぴかと銀色《ぎんいろ》に光っていた。外《がい》へきには緑《みどり》のツタがまだ、からまっていたけれど、家の中は、きちんとそうじされて、こざっぱりとしている。ふたりはワックスのぬられた床《ゆか》を見ると、さっそくげんかんにくつをぬぎすて、くつしたすがたですべって楽しんだ。

ひょい、とバスルームをのぞいてみると、こわれた浴《よく》そうや便器《べんき》は、最《さい》新式《しんしき》のものになっていた。かべの、外国製《がいこくせい》らしい古いタイルには、かわいらしい水色やピンクの小鳥がえがかれていて、ここからもにぎやかなさえずりが聞こえてきそうだった。

「わあ、大きい」

雄一が空《から》の浴そうをのぞきこんでいると、

「はいってみれば」

うしろから竜也《たつや》がいう。

「へへっ」

雄一《ゆういち》がくつしたのまま、浴《よく》そうの中にはいってしゃがむと、竜也もつづいてはいってきた。

「広いじゃん」

竜也は浴そうの中で、満足《まんぞく》そうに足を投《な》げだした。せまいバスルームに、声がよくひびく。

雄一もおなじように足を投げだしてまどのそとを見あげると、青い空に、ぽかっとひとつ、白い雲がうかんでいた。するときゅうに、友だちと旅行《りょこう》にきたうれしさがこみあげてきた。

「どう？　見ちがえたでしょ」

脱衣所《だついじょ》のむこうから、ナンシー先生がちかづいてきて、バスルームをのぞきこんだ。

「ここにはむかし、わたしが小さいころに住《す》んでいたの。最近《さいきん》はだれも使《つか》っていなかったんだけど、リフォームして、わたしが週末《しゅうまつ》すごせるようにしようと思ってね。あなたたちにはじめてここで会ったときは、その下見にきてたってわけ」

「先生。いいじゃん、ここ。気にいった」

竜也があおむけのまま、うでを浴そうの両《りょう》わきにだした。

「おほめいただき、ありがとうございます」

先生はわらいながら、台所《だいどころ》に歩いていった。雄一がおきあがって先生のあとをおい、竜也もおくれてついてきた。

台所には、おとなのむねの高さくらいの、横長《よこなが》のまどがついていて、庭《にわ》の木々が見わたせた。調理台《ちょうりだい》の上の大ざらに、サンドイッチが山もりになっているのを見て、ふたりは歓声《かんせい》をあげた。

「わっ、うまそ！」

「今スープ温《あたた》めるから、まっててね。庭《にわ》のテーブルにもっていって食べましょう。きょうはお天気がいいし」

先生がガスコンロのつまみをひねると、青い火が景気《けいき》よくでそろった。

「このまえは、なんと、床《ゆか》からきのこがはえてたの。かべのタイルもはげていたんだけど、なんとかなおせてよかったわ」

「家の中にきのこ？　まじかよ」

竜也が背中《せなか》をかきむしるまねをすると、

「おれ、二階《かい》がどうなったか、見てくる」

うきうきと階段《かいだん》のほうにいってしまった。先生はスープのなべをかきまぜると、火を弱火にした。

「床もかべも、ぜんぶとって新しくしてしまえばはやかったんだけど、この家には、わたしの小さいころの思い出がいっぱいあるから、なるべくのこしたかったの」

「先生は、ここで大きくなったんだね」

雄一は室内を見まわした。ほこりやくもの巣《す》などがとりはらわれてみると、以前《いぜん》先生の一家が生活していた気配《けはい》が、そこかしこに感《かん》じられる気がした。

「小学校を卒業《そつぎょう》するまでね。わたしが一番おてんばだった時代《じだい》」

先生は古いダイニングチェアに横《よこ》ずわりして、背《せ》もたれにあごをのせた。

「こうしていると冬の日を思いだすなあ。大きな鉄製《てっせい》の石油《せきゆ》ストーブの上に、おなべがかかっていて、スープのいいにおいがただよってるの。母は流《なが》しのまえでじゃがいもの皮《かわ》なんかをむいていて、居間《いま》では仕事《しごと》から帰った父がポロポロとギターをかき鳴らしている。姉はこのテーブルで宿題《しゅくだい》をやっていて。そしてわたしはきょうあったことをとめどなくしゃべってた」

そのとき雄一《ゆういち》は、となりの居間《いま》につづくかべに、古い家族写真《かぞくしゃしん》がかざってあるのに気づいた。こないだきたときはなかったはずだから、先生が最近《さいきん》かけたのだろう。雄一はその写真にちかづいて見た。

「先生のお父さんが外国のひと？」

「そうよ。ドイツ人でね。両親《りょうしん》とももう亡《な》くなってて、姉は今ドイツにいるの」

「ふうん」

雄一は目をとじて、想像《そうぞう》してみた。

むかし、このひとたちは、たしかにここにいて、今のぼくたちみたいに生き生きと生活していたのだ。毎朝お母さんは、台所《だいどころ》にある、白いふちどりのまどをおしあげて、新鮮《しんせん》な空気をいれたのかもしれない。先生とお姉さんは、居間でふざけて走りまわったり、お父さんのひざにのったりしたのかもしれない。そして、その時代《じだい》も、お日さまは今とおなじように部屋《へや》にさしこみ、庭《にわ》では木《こ》の葉《は》のにおいがしていたんだ。

竜也《たつや》が、二階《かい》からかけおりてきて、がまんできなくなったように、せかした。

「ふたりともおしゃべりはいいからさ、はやく、めし！」

三人は、サンドイッチや飲《の》みものなどを、庭におかれた白いテーブルにはこんだ。まわりの木では鳥がさえずっていて、さわやかな食卓《しょくたく》に、みんなは自然《しぜん》と顔がほころんだ。

「いただきまーす」

まえのめりになって、サンドイッチにかぶりつくと、パンのあいだには、ローストビーフとレタスがはいっている。雄一《ゆういち》の口の中で、レタスがシャクシャクと音を立てた。

「どうお？」

「おいしい。これまで食べたことがないくらい。ね？」

かぼちゃのポタージュを、すごいスピードで飲《の》んでいる竜也《たつや》は、ちらっと目をあげただけだったけれど、反論《はんろん》しないところを見ると、雄一とおなじ意見《いけん》らしい。

「よかった。念《ねん》をおしておくけど、人骨《じんこつ》ははいってませんからね」

シェフのいやみに、竜也はあわてて弁解《べんかい》した。

「それは、雄一がいったんだよ」

「ずるいぞ。ひとのせいにするな」

（こいつ、食べものをくれるひとに弱いな）

雄一は舌打《したう》ちをした。

しばらくして、だされたものすべてをたいらげると、ふたりの目はなんとなくとろん、となった。

「広い庭《にわ》でごはんなんて、まるで映画《えいが》みたいだね」

雄一はいすの背《せ》もたれにそっくりかえり、竜也は反対《はんたい》にテーブルにうつぶせている。

「おなかいっぱい。風が気もちいい。もうここが天国に思えてきた」

「ほんと。このまま、ここでひるねしたい。ハンモックとかつってさ」

青い空に、細長い雲が流《なが》れていく。雄一は、まぶしそうに目を細めた。

先生がカチャカチャとおさらをさげていく音が遠ざかっていき、ほんとうにこのままねてしまいそうだった。

「ボロ屋敷《やしき》で汗水《あせみず》たらして働《はたら》かされると思ってたけど、よかったなあ」

竜也がつぶやくと、いつのまにかもどってきた先生の声が、頭の上からふってきた。

「ボーイズ、ねないで。働《はたら》くのはこれからなのよ。二階《かい》のまどわくに、ペンキをぬるから手伝《てつだ》って」

雄一《ゆういち》はとびおきた。

「ペンキぬり？　やるやる。おもしろそう」

「おいっ」

竜也《たつや》が横《よこ》から口をだした。

「雄一、おまえだいじなことをわすれてないか？」

「ん？」

「おれたちはここに、ペンキをぬりにきたんじゃないぞ」

雄一はあわてていった。

「わかってるよ。横断幕《おうだんまく》をはるんだろ」

「思いだしてくれればいいんだ」

竜也がぶぜんとした顔でうなずいた。

「でも、幕《まく》のもう一方を、ベランダにわたすにはどうしたらいいと思う？」

「うーん、とどかないもんな」

ふたりが考えこんでいると、先生が横から口をだした。

「わたしにいい考えがあるわ」

「なに？」

ふたりが身《み》をのりだすと、

「ペンキをぬったらおしえてあげる」

先生はにやりとわらった。

「えー。ずるい」

「ひきょうだぞ」

ふたりは口をとがらせたが、ごはんをごちそうになったあとは、なんとなくいきおいがない。

「だって、あとまわしにしたら、やってもらえないかもしれないし」

先生は、やるといったらやる性格《せいかく》らしく、すぐに立ちあがると、ペンキの缶《かん》やらいろいろもちだしてきた。そして雄一《ゆういち》と竜也《たつや》にエプロンをさせ、はけをもたせると、二階《かい》のまどのところにつれていった。

「いい、こうやって一方方向《ほうこう》にぬるのよ。高いところはこの脚立《きゃたつ》を使《つか》って。わたしは庭《にわ》のさくを修理《しゅうり》するから、そのあいだあなたたちはペンキをぬってね」

などと、てきぱきと指示《しじ》すると、いってしまった。

「へーい」

ふたりはしぶしぶはけをもちながら、文句《もんく》をいった。

「まんまと、えさでつられたな」

「おまえがサンドイッチにとびついたんじゃないか」

ところが、ぶつぶついいながら、いざやってみると、ペンキぬりはなかなか楽しくて、ふたりはそれ以上《いじょう》おしゃべりもせずに、一心不乱《いっしんふらん》に作業《さぎょう》をした。

先生はといえば、電動《でんどう》ドライバーや、金《かな》づちを使って、庭のこわれかけたさくを、器用《きよう》になおしている。それがおわったと思うと、こんどは、家ののき下に積《つ》んであった、籐《とう》のいすをひきずってきた。雄一と竜也が、ペンキをぬりながら、ちらちら見ていると、先生は手におのをもって、いすにむきなおった。雄一が思わず声をかけた。

「先生、それどうするの⁉」

「たきぎにするのよ。まあ、見てて」

先生は頭の上におのをふりかざすと、いきおいよくいすにふりおろした。バサッ。足でいすをおさえて、ささったおのをひきぬくと、またふりおろす。ザクッ。

「すっげえなあ」

「こわーっ」

ふたりがあぜんとして、その光景《こうけい》を見ていると、いすがばらばらになったところで、先生はやっと、おのをふるうのをやめた。

「ああ、あつい」

ひたいから汗《あせ》がぽたぽた、たれている。

「あのう先生、ペンキぬり、おわりました」

竜也《たつや》がうやうやしく、いった。

「え？　ああ、おつかれさま」

「これ、タオルです。よかったら」

「あら、気がきくわね。どうもありがとう」

先生は目をまるくしながら、さしだされたタオルで汗をふいた。

「それで、横断幕《おうだんまく》はどういたしましょう？」

「竜也くんたら、どうしちゃったのよ、そのことばづかい。ははあ、このおのがこわいんでしょ」

「いいえ。こわいのは、おのじゃなくて……」

竜也がてのひらを先生にむけたので、先生は、あっはっはとわらって、おのを地面《じめん》においた。

「ねえ。こうしたらどうかしら。横断幕のはしに、なにかおもりをむすびつけて、ベランダに投《な》げるのよ」

「さっすが先生、あったまいい」

雄一《ゆういち》が手をたたくと、竜也ももりあげた。

「ほんとー。だてに長く生きてないね」

先生は大きなため息《いき》をついて、またまき割《わ》りにとりかかったが、よく見ると、まだ目がわらっている。

「雄一、なんかおもりになるものさがそうぜ」

「んーっと、ペットボトルはどう？」

「たしか、台所《だいどころ》の流《なが》しにあったぞ」

竜也《たつや》はまず、ペットボトルに水をいれて、口のところにビニールひもをむすびつけた。それから、いすを木の下にはこんで台にし、ペットボトルを手に、木にのぼっていく。雄一《ゆういち》は建物《たてもの》の二階《かい》にあがって、ベランダでまちかまえた。

「横断幕《おうだんまく》をむすんだよ。いいか、投《な》げるぞー」

「オッケー」

へんじをすると同時に、ペットボトルつきの横断幕が、ベランダの中にとびこんできた。

「ナイスキャッチ！」

雄一はひもを、ペットボトルからはずして、かわりにベランダのさくにむすびつけた。

「できた、ついに完成《かんせい》！」

雄一《ゆういち》がV《ブイ》サインをだすと、

「やったな」

竜也《たつや》がこぶしをにぎって見せた。

かみさまへ
ぼくたちの　ねがいを　きいてください
かみさまにあえますように　小松崎　竜也
強くなれますように　藤本　雄一

（ここで、横断幕《おうだんまく》をかいてから、いろんなことがあったなあ）

あのときはまだ、それほど竜也となかよくはなかった。そのあと、雄一がけがをして、入院《にゅういん》して、病院《びょういん》で毎日のように竜也とすごしたことを、雄一はしみじみと思いだした。

気がつくと、木々のすきまに夕日がおちてきている。

「おつかれさまー。ちょっと休けいしましょ」

先生がおぼんをはこんできたのを見たふたりは、

「おやつ？」

と、すぐさまテーブルのところに集合《しゅうごう》した。

紅茶《こうちゃ》といっしょに、アルミホイルの包《つつ》みがのっている。厳重《げんじゅう》に包まれたアルミホイルをあけると、中から黄色いカステラがあらわれた。

「おっ、やった。カステラ大すき」

竜也が小おどりすると、

「そうみたいね。お母さんがおっしゃってたわ。これ、手づくりですって」

先生がウィンクした。

「え、お母さんって、おれの？　なんで……」

竜也《たつや》がうろたえるのを見て、先生はくすくすわらった。

「この旅行《りょこう》のこと、お母さんにいわないつもりだった？　どうせそんなことだろうと思って、わたしから直接《ちょくせつ》お話ししといたわ。ねぶくろもあずかったわよ」

「新聞紙《しんぶんし》まかずにすんだな」

雄一《ゆういち》がひじでわきばらをつっついてやると、竜也はがっかりした顔をした。

「ちぇっ、なんだよう」

「竜也くんが小さいころ、お母さん手づくりのカステラが大すきだったんですってね。『最近《さいきん》はいそがしくてつくってあげてないけど、きゅうに思いだして』ってもたせてくださったのよ」

先生は、そーっとカステラをおさらにとりわけ、まず竜也にさしだした。

「うちの母ちゃんの手づくりなんて、食べれるのかよ」

にくまれ口をたたきながら、竜也はひと口食べてみて、目をまるくした。

なにかいおうとして、そのことばも飲《の》みこんでしまったようだった。雄一もカステラに手をのばした。

「ふわふわで、うまーい。手づくりのカステラってはじめて食べたよ。そういえば竜也、神《かみ》さまのくれたカステラって、どんな味《あじ》だった？」

竜也はこたえないまま、すでにカステラのふた切れ目を口におしこんでいる。雄一はなおもきいた。

「ねえ。神さまとお母さん、どっちのカステラがおいしい？」

「うるせえ！」

竜也がいきなり大声をだしたので、雄一もむっとした。

「なんだよ。きいただけじゃん。あっ、そうか。意外《いがい》と、カステラの神《かみ》さまって、お母さんだったりして」

竜也《たつや》がいきりたった。

「ばーかいうな。神さまが、母ちゃんみたいな、くそばばあだったとしたら、おれは、すごーいがっかりだね」

そしてふきげんそうに、むこうに歩いていこうとしたのを、先生がよびとめた。

「ちょっとまって。まだ手伝《てつだ》いがいるの。夕飯《ゆうはん》はバーベキューにするから」

「バーベキュー?」

竜也と雄一《ゆういち》が、またいっせいにふりむいた。

「そうよ。だから、かまどをつくらなきゃ」

先生はカステラを食べおわると、林にはいっていった。そしてひとかかえはある、大きな石をはこんできた。

「まず石を見つけてきて。これくらいの大きい石よ」

「はあい」

「ひとづかいあらいなあ。もう」

ぶつくさいいながらも、竜也はけっこう楽しそうだ。

ちょうどいい大きさの石は、そうたくさんは見つからなかったので、中くらいの石もいっしょに積《つ》みあげて、先生はかまどをつくった。ここまでおわったとき、あたりは暗《くら》くなりはじめていた。

「わたしが小さいころ、この庭《にわ》でよくバーベキューをしたの。今みたいにおしゃれなキャンプ用品《ようひん》はなくて、こういう原始的《げんしてき》なかまどで」

「ぼくも、かまどつくったことあるよ。キャンプで」

雄一がいうと、竜也がうらやましそうな顔をした。

「いいなあ。キャンプなんて、おれいったことないぞ」

先生はつぎに、小さな木切れを組んで、その中にまるめた新聞紙《しんぶんし》をいれ、火をつけた。ちろちろ小さく燃《も》えていた火は、うちわで風を送《おく》ると、しだいに大きくなった。

「たき火だ。たき火だ」

竜也《たつや》がおどけて、まわりでおどるまねをした。

「さっきのたきぎをもってきて」

といわれて、雄一《ゆういち》は、ばらばらになったいすの残《ざん》がいをはこんだ。

「このいすも、先生がむかし使《つか》ってたもの？」

「そうよ。わたしの父のいすだったの。体の大きなひとだったから、すわるといすがギシッときしんだものよ」

「思い出のものなのに、どうして燃やしちゃうの？」

「もう古くて使えないし。それに」

先生はちょっと首をかたむけた。

「天国の父に送ってあげようかと思って。お気にいりだったから」

先生はたきぎを火にくべながら、なつかしそうにいった。

「父が亡《な》くなってから半年くらいたったころ、母が、父の洋服《ようふく》を庭《にわ》で燃やしていたの。『どうして？』ってきいたら、『お父さんに送ってあげるんだよ』って。それでわたしと姉もくわわって、三人で火にくべたんだけど、父といっしょにすごした思い出が、つぎつぎによみがえってね。火を見ながら、みんなで泣《な》いたわ」

竜也も雄一のとなりにきて、まじめな顔できいている。

「でも、燃やしおわったら、なんだかさわやかな気分になったの。天国の父もよろこんでいるかなって。それに、遺品《いひん》の形がなくなったことで、思い出が永久保存《えいきゅうほぞん》されたような気がしたの」

「どういうこと？」

「ものは、時間がたてば古くなっていくけど、思い出は消《き》えないし、ずっときれいなままでしょ」

火の中のたきぎが、パチッと音をたてた。

「その日ね。わたしは心から信《しん》じたの。神《かみ》さまとか、天国とか、目に見えないものを、その日から信じられるようになったの」

先生は、大すきだったお父さんのことを考えながら、神さまにお祈《いの》りをしたのだろう。亡《な》くなったあともずっと、お父さんとつながっていられますようにって。神さまがいるかいないかわからないけど、だいじなだれかのことを考えると、ぼくたちはお祈りをせずにはいられないいんじゃないだろうか。

雄一《ゆういち》がそんなことを考えていると、

「それ、いい！　『永久保存《えいきゅうほぞん》』」

竜也《たつや》がとつぜんさけんだ。

「おれたちの横断幕《おうだんまく》も燃《も》やそう。な、雄一」

「ええっ？　なんでだよ。せっかくつるしたのに」

竜也は雄一のかたに、うでをまわした。

「わかってねえなあ。あれはかざるもんじゃない。神さまにとどけるもんだ。燃やして、天国にとどいて、おれらの心にも永久保存されるなら、それが一番いいじゃないか」

雄一が木の上を見あげると、横断幕がうす暗《ぐら》い空の中で白くうかびあがっている。

「そうか。なるほどね」

「んじゃ、さっそくやろうぜ」

竜也は木にのぼって、くくりつけていたひもをほどき、雄一も二階《かい》のベランダにいって、横断幕をかかえてもってきた。

先生がうちわで風を送《おく》り、たき火はいきおいをましている。そのまえで、雄一はうでの中の布《ぬの》を広げてみた。あの日、竜也と苦労《くろう》して、はさみで切

ったあと。ペンでなんどもなぞってかいた字や絵をながめると、やはり手ばなしがたい気もちになった。でも、

「雄一《ゆういち》、はやくはやく」

竜也《たつや》が木の上からせきたてたので、

「さよなら」

雄一は思い切って横断幕《おうだんまく》をまるめ、いきおいよく火の中に投《な》げこんだ。

火は、一瞬《いっしゅん》めらめらと大きくなり、横断幕は、オレンジ色のほのおの中で、ゆっくりと広がりながら、とけるように形をなくしていった。雄一のジャンパーに、火の熱《あつ》さが伝《つた》わってきた。

「かみさまー。おねがいします。かみさまー」

竜也が木の上から、空にむかってさけんだ。

「もういちど会いたいです。どうか、会いにきてください」

そして、ゆさゆさと枝《えだ》をゆさぶった。

「かみさま、ぼくたちの願《ねが》いをきいてください」

雄一は手をあわせた。

「強くなれますように。強くてまっすぐな男になれますように」

横断幕が天にとどいて、神《かみ》さまやおばあちゃんが、気づきますように。

雄一はおなかに力をこめて、祈《いの》った。

見てて、おばあちゃん。

ぼく、ぜったいにがんばるよ。

だからおばあちゃんも
ずっと空から見守《みまも》っていて。

火の粉《こ》がパチパチととんで、くれかけたむらさき色の空に、白い煙《けむり》がまっすぐのぼっていった。

「火を、小さくしましょうね」

ナンシー先生がしずかにいって、たきぎを何本かぬいた。少しおだやかになった、しかしまだ生きもののように動《うご》いている火を、みんなはだまって見つめていた。

とつぜん雄一《ゆういち》の頭上の木から、竜也《たつや》のおどろいたような声がした。

「おい、雪だよ！　雪がふってきた」

上を見るとたしかに、白い紙ふぶきのような雪がちらちらとふってくる。

「へんだなあ。空は雲ひとつないのに」

雄一がつぶやくと、ナンシー先生がいった。

「それはたぶん、風花《かざはな》よ。雪雲がないのに、ふる雪なの。ふしぎでしょ」

雄一は風花に手をのばした。淡《あわ》い雪は、てのひらにつくか、つかないかで、すっと消《き》えてしまう。

今、とつぜんふりだすなんて。もしかして、天国のおばあちゃんからのへんじなのかもしれない。

「おばあちゃん」

雄一が目をとじると、
ゆうちゃん、がんばれー。

おばあちゃんの大きな温《あたた》かい声が、どこからかきこえてくるような気がした。

ボスッ
かれ葉《は》の積《つ》もった土の上に、音をひびかせて、竜也《たつや》が着地《ちゃくち》した。てのひらのよごれをはらいながら立ちあがったその顔も、さっぱりとして明るい。

「とどいたかな、天国に」

「うん」

ふたりはうなずきあった。

「よかったな」

「うん。よかった」

雄一《ゆういち》は、山の空気を大きくすいこんで、いった。

「竜也。おれさ、もういちど、柔道《じゅうどう》やってみようかな」

「柔道？　なんだよ、きゅうに」

「強くしてって、お願《ねが》いするだけじゃなくて、自分でもなにかしなきゃいけない気がするから」

それはさっき、自然《しぜん》にわきあがってきた気もちだった。

「まあな。おまえとばあちゃんとのやくそくだしな」

「うん」

「男がしたやくそくは守《まも》んなきゃな」

竜也は、さむ、と手をこすりあわせた。よく見ると、はく息《いき》が白い。舞《ぶ》台《たい》の照明《しょうめい》がおちていくように、林の木や遠くの山々が、りんかくだけになっていく。

「なあ雄一、今晩《こんばん》神《かみ》さまがきてくれるといいな」

「そうだね」

雄一は、うなずいてから、きゅうに心配《しんぱい》そうな声をだした。

「あのさ、竜也《たつや》にきいておきたかったんだけど」

「ん？」

「やっぱり天国にいっちゃう？　その、神《かみ》さまがほんとうにむかえにきたら」

「うーん。わかんない」

竜也は両《りょう》うでを頭のうしろにおいて、少しのあいだ考えた。

「いかないかも。神さまには会いたいけど、天国はどっちでもよくなった。だってさ、死《し》んだらおまえとあそべねえじゃん」

雄一は、はっと顔を上げると、照《て》れくさそうにわらった。

「そうだよ。今ごろ気づいたの？」

「うん。今ごろな」

そのとき。

ボーン　ボーン……。

別荘《べっそう》の居間《いま》にある、柱時計《はしらどけい》が鳴るのが、ひらいたまどごしにきこえた。時計の音は、みんなのいる、しずかな庭《にわ》の闇《やみ》に広がって、木々のあいだにすいこまれていく。

雄一には、今この時間が一瞬《いっしゅん》とまって、永久保存《えいきゅうほぞん》されたような、ふしぎな気もちがした。

「そこのおふたりさーん、お肉焼《や》けたわよ」

ナンシー先生の声で、時はまたゆるやかに流《なが》れはじめ、

「おっ」

「やった」

ふたりは元気よく、かけだしていった。

作◎当原珠樹（とうはら たまき）

東京都生まれ。
上智大学外国語学部イスパニア語学科卒業後、出版社に勤務。
退職後、育児のかたわら創作を学ぶ。
『転校生とまぼろしの蝶』（ポプラ社）でデビュー。
「ごろにゃお」同人、「季節風」同人。

絵◎酒井以（さかい さね）

大阪府在住のイラストレーター。
嵯峨美術短期大学卒業。
『わたしの苦手なあの子』（ポプラ社）で、挿画デビューした。

装幀：植田マナミ

お手紙、おまちしています！
いただいたお手紙は著者におわたしします。

ポプラ物語館 76

かみさまにあいたい

2018年 4月 第1刷 2019年4月 第2刷
作：当原珠樹 ／ 絵：酒井 以

発行者：千葉 均
編集：田中絵里
発行所：株式会社ポプラ社
〒102-8519 東京都千代田区麹町4-2-6 8・9F
電話（編集）03-5877-8108／（営業）03-5877-8109
ホームページ：www.poplar.co.jp
印刷：中央精版印刷株式会社
製本：島田製本株式会社

ISBN978-4-591-15849-4 N.D.C.913/183P/21cm Printed in Japan

P4035076